光文社文庫

あとを継ぐひと

田中光子

光 文 社

あとを継ぐひと

目次

後継ぎのいない理容店

東京に出て行った二十九歳の息子が、三年ぶりに帰ってきた。

その日はお盆明けということもあり、午前中、哲治《てつはる》が営む「オサダ理容店」に来た客は二人だけだった。お盆というイベントの前は混み、その後はがらがらというのは例年通りである。客は、久しぶりに会った孫娘に「おじいちゃん、鼻毛ぼーぼー」と言われたという新規の年配客と、テレビで話題の「冷やしシャンプー」を試しにきた、このあたりの地主である松野《まつの》だった。

そして午後になると、ぱたりと客足が途絶えた。残暑も厳しく、もともと人通りの少ないさびれた商店街とはいえ、窓から外を眺めるとひとっこひとり歩いていなかった。

息子の誠《まこと》から四日前に連絡がきて以来、ずっと落ち着かず眠りの浅かった哲治は、うとうとしそうになる。それで、いつも流している有線を切って高校野球の準々決勝を中継しているラジオに切り替える。鏡を磨き、そこに映った自分の顔を改めて見る。五十八にしては髪も多いし白髪も少ない。でも最近痩せたせいか、高い頬骨がさらに出っ張っているように見える。無愛想な顔の真ん中にあるこの頬骨が、自分の我《が》の強さをあらわしているような気がする。磨き終えると、その横に貼ってある色あせたポスターに目が留まり、三年前の誠の言葉がよみがえる。

「それ外したら？　今どきこんな髪型する奴いないよ」

パンチパーマの若い男があごに手を当ててポーズを取っている。その脇に置いてあるニセモノの観葉植物についても、「これ、僕が高校のときからあるよね」と非難がましく言ったのだった。

あのときの誠は、ちょんまげに浴衣《ゆかた》姿で、身長百七十五センチ、体重百十六キロの幕下力士だった。八年ぶりに会う息子は、顔も体つきもすっかり逞《たくま》しくなり、闘うことを職業にしている男の迫力があった。また、親とよく似た武骨な顔には似合わない甘く華やかな鬢《びん》付け油の香りを漂《ただよ》わせ、特殊な世界に身を置く男の色気があった。父親のあぐらの中に座りたがった子供はもうどこにもいないのだと、哲治はなかば呆然《ぼうぜん》としたのだった。

誠は、高校を卒業すると同時に、親の大反対を押し切って相撲《すもう》部屋に入門した。十両に昇進するまでは故郷の土を踏まないと決めていたらしく、右膝の怪我《けが》が原因で引退を決めたとき、その報告のためにやっと家に帰ってきたのだった。

突然ドアベルが鳴る。誠か？　と思って入口を見ると、全身黒ずくめで、黒いサンバイザーの庇《ひさし》を上げている姜《きよう》さんだった。

戸口に立ったまま、扇形にふくらんだレジ袋を突き出す。

「すいか。今日のはあんまし甘ぐねぇかも」

姜さんは近所に住む中年の主婦で、三週間に一回顔剃《そ》りにやって来る。口うるさいが、誠と彼女の娘の美沙《みさ》ちゃんが同い年ということもあり、母親のいない誠が小さい頃はずいぶんと世話になった。

「暑いんだから、早く中に入れば」

「いい。これから郵便局行ってくっから」

哲治は礼を言って受け取った後、思い切って「今日、誠が帰ってくるんだ」と告げた。

姜さんは目を見開き、それからなだめるように言った。

「せっかく帰ってくんだし、喧嘩《けんか》しないでちょうだいよ。あ、誠ちゃんいつ帰《け》えるの？」

「さあ」

「相変わらずだねえ。わがったら連絡ちょうだい」

そしてドアを勢いよく閉め、自転車に乗って行ってしまった。

三年前、哲治は誠が力士をやめることを聞いてほっとした。そして、また二人暮らしが始まるのではないかと期待した。

ところが、誠は東京に残り、介護福祉士を目指すと言ったのだった。哲治はまた反対したが、言い返され、今度は仕方なく承知した。そのかわり、たまには家に顔を出せと言ったのに、すっかり忘れられている。しびれを切らした哲治が電話をしても、仕事が忙しいなどと言い訳されてそそくさと切られる。結局、三年帰ってこなかった。誠はどうして実家に寄り付かないのだろうか。

三時が過ぎ、四時が過ぎても、客はひとりも来ない。誠も来ない。

誠は、幼い頃はもちろん高校生になっても、店に客がいるいないにかかわらず、「ただいま」と言って平気で店の中に入ってきた。我が家は一階が店舗、二階が住まいになっていて、勝手口がないので店の入口からしか入れないのだ。誠は客に声をかけられたらごく普通に返事をして、ときには話し込んだ。子供の頃から常連さんに遊んでもらったりしていたせいか、大人との会話が苦にならないらしく、年寄りにも可愛《かわい》がられる子だった。

結局、夜の七時の閉店時間まで客はひとりも来なかった。誠も来なかったが、それは客と会うのを避けたからだろうか。

ここは狭い町だ。誠が力士になり、引退後は介護職に就いたことをみんなが知っている。だから、もし誠がすでに介護職をやめているならば、それを知られたくなくて夜遅くに帰ることにしたのではないか。

哲治は誠が介護職をやめていても一向に構わなかった。それよりも、誠が今度こそは家に戻ってくるのではないか、というほうが気になっていた。

誠は、哲治が片付けを終えた頃を見計らったように店に入ってきた。

「ただいまー」

いつもと同じ挨拶《あいさつ》に、ああ、帰ってきた！　と心が高鳴ったのもつかの間、哲治は息を呑《の》んだ。Tシャツにジーンズという軽装に身を包んだ誠は、かつて力士だったとは想像もできないほど痩せていた。聞けば、体重七十五キロ。しかし、やつれた感じではなく全体的にひきしまっている。

「痩せてから、みんなにイケメンになったって言われるよ。でも、汗っかきはなおらないから困ってんだ。おばあちゃんたちも女子高生とおんなじなんだよね。汗くさいのは嫌われるんだよ」

誠がほがらかに話す。介護職は続けているようだ。

「かなり食事制限したのか？」

「稽古しなくなれば、自然と食べなくなるよ。それに、仕事で立ったりしゃがんだりが多いから、また膝を痛めたときがあったんだけど、それ以来、家で筋トレするようになったのがよかったのかも」

とはいえ、四十キロ以上も減量したのは、何としてでも介護福祉士として働き続けるという覚悟があったからではないか。

「あのさ、僕、すっごい腹へってんだ。夕飯なに？」

「今日は外に食べに行こうかなって」

「じゃあ、明日カレーつくってよ」

「そんなもんでいいのか」

　昔からカレーはよくつくっていて、市販の甘口カレールーを使うのだが、かたまり肉とまるごと玉葱《たまねぎ》を圧力鍋でやわらかくするのが、我が家流だった。

「うん、あさっては夜勤が入ってて戻らなくちゃいけないから、明日の夜は絶対カレー。今日は寿司がいいな、僕がご馳走《ちそう》するから」

　誠は、力士を引退する報告に来たときとは大違いで、表情は明るく、仕事も順調なことが窺《うかが》えた。哲治は期待が外れて残念ではあるが、誠が生き生きとしていることが何よりもうれしかった。

　二人は、哲治の車で国道沿いの回転寿司のチェーン店に行った。テーブル席に着くと、誠は慣れた手つきで哲治のお茶をつくり、ビールを二杯注文した。誠は酒好きだ。たぶん母親に似たのだろう。

　通路をはさんだ隣の席には、小学校低学年くらいの男児と母親の二人が座っていて、男児が「おいしいねー」とネタだけを食べ、母親は当たり前のように残った白いご飯をぱくついている。哲治はついそちらを見てしまうが、誠は寿司のメニューから目を離さない。誠が三歳のときに離婚して以来、哲治も誠も、母と子が仲良く歩いている姿を見ると、つい目で追っていた。けれども、誠はいつからか母と子の姿に関心を持たなくなっていた。

誠は寿司を一気に十皿取ってあっという間にたいらげると、その後はゆっくりとしたペースになったが、ビールは水のように飲んでいる。哲治は最近すっかり食が細くなり、「遠慮しないで食べて」と言われても、七皿ほど食べればもう満足である。

「いつも夕飯はどうしてるの?」と誠が聞く。

「適当。外食はほとんどしないけど、惣菜《そうざい》はけっこう買う」

「意外だな。毎日、あんなに凝った弁当つくってくれたのに」

誠が中学生になって弁当が必要になると、哲治は毎朝六時に起きてつくった。最初は、男親でもこれくらいできると意地になっていたが、そのうちに、かなり楽しんでつくるようになった。手際も良くなり、誠に「友達からいつもうらやましがられている」と言われてさらにはりきった。理容店の新規の客が増えず、仕事もマンネリ化していて、そういうことから目をそらすために弁当づくりに励んでいるところもあった。

「料理なんて、食べてくれる人がいないとやらないよ」

「学校から帰って冷蔵庫あけると、必ず何かしらおかずがタッパーに入っててさ、夕飯まで我慢できなくて全部食べちゃったこともあったよね。入門したとき、おかみさんに、中学高校は『部活命《いのち》』だったので家事は何もやってません、って言ったらびっくりされたよ」

「でも誠は、皿洗ったり、洗濯もの畳んだりしてただろ」

「それは家事っていうよりお手伝いレベルだから。父子家庭の子供って聞いてたのに、イメージ違っちゃったんだろうね。でもおかみさんには、うちの父は家事が完璧にできる人だから僕もやればできるんですって言ったんだよ。実際、ちゃんとやれたしね」

哲治は結婚前に七年間ひとり暮らしをしていたので、離婚後、家事で苦労したという実感はない。誠に家事を手伝えと言ったこともなく、姜さんに「ちょっと甘やかしすぎだっぺよ」と言われたこともあった。誠がひとり親になったのは自分のせいであり、その負い目があった。

誠の学校行事は店を臨時休業にしてすべて参加し、誠の欲しいものはできるだけ買うようにした。誠が足を骨折したときは、毎朝車で中学校に送ろうとしたが、誠からきっぱりと断られた。

中学に上がる頃から、誠は父とあまり話さなくなり、高校三年の夏に相撲取りになる話が出てからは、ほぼ会話がなくなった。それでも、哲治は弁当をつくり続け、誠は全部きれいに食べ続けた。それで何とかつながっていたといえるかもしれない。

「近くでお父さんのやってること見てたから、そんなに難しくなかったよ。家事だけじゃなくてね、たとえばお店で、お父さんがお客さんにシャンプーするときも、力加減に気をつけて、体全体でリズムとってやってるでしょ。あの感じ、利用者さんにシャンプーするとき、僕も真似《まね》してんだよ」

誠が身振り手振りで頭をマッサージする真似をする。それからビールをまた注文する。

哲治はふいに、今、とても幸せだと感じる。

そんなとき隣の席から大声がした。

「おかあさん、誕生日おめでとう！」

母親の前には回転寿司店のチョコレートケーキがあり、男児が自分でつくった飾りをそのケーキの上に載せて、手を叩《たた》いている。

「おめでとう！」

誠が男児と一緒になって拍手し、母親がこちらに向かってにこやかに頭を下げる。哲治はほんの少し会釈して、メニューに目を移し、もう関心のないことを示す。

「そのＨＡＰＰＹ ＢＩＲＴＨＤＡＹって自分で書いたの？」

誠が話しかけると男児がうなずき、母親が「私、この子がアルファベット書いたの、初めて見ました！」と興奮している。哲治はなんとなく面白くない。いや、はっきり言って不快だった。

ビールがきたところで、ようやく誠はこちらに向き直った。

「何の話してたっけ？」

「さあ」

「あ、シャンプーだ。でね、お風呂の介助のときも、利用者のなかには褥瘡《じょくそう》があったり皮膚炎だったりする人も多いから、ボディタオルでやさしーく撫《な》でて洗ってあげないといけないんだよ。自分で洗えない人もいるから、全身。もちろん大事なとこも」

誠は隣に聞こえないように、小さな声でおどけるように言う。

「そしたらあるとき、気難しくて有名なおじいさんに言われたんだ。君の洗い方が一番上手だって。すっきりするだけじゃなくて、リラックスできて、終わった後、すごく気分がいいんだって。それって、僕がお父さんに似てるってことだよね。髪を切ったりひげを剃ったりして、他人に触れることで、他人を気持ちよくする仕事をしているお父さんの血を、僕が受け継いでるってことなんだよ」

「違う！」

哲治が怒鳴った。隣の母子《おやこ》が動きを止めてこちらを見ている。誠は困惑の表情で固まっている。

「そんなこと、ぜんぜん関係ない。お前は俺に似てない」

哲治は吐き捨てるように言う。実際、胸がむかむかしていた。

「な、何それ。僕がお父さんの子供じゃないってこと？」

「バカなこと言うな。正真正銘、お前は俺の子だ」

「じゃあどうして……どうしてそんなに嫌そうに言うの？」

誠はおろおろしていた。

「嫌だから嫌なんだ！」

哲治は完全に冷静さを失っていた。何を聞かれても無視し、誠もついに怒り、互いに無言になった。店を出ると、誠は「友達んちに泊まる」と言って家とは反対方向へ歩いて行ってしまった。

次の日、哲治はカレーをつくって待っていたが、誠は何の連絡も寄越さず東京へ帰ってしまった。

姜さんに言わせると、哲治は「プライドばっか高い、ええ格好しいの意地焼《いじや》けっちまう野郎」なのだそうだ。

「言っちゃやなんだけど、長田《おさだ》さんは大会社の社長でもなければ大臣でもねえ、ただの床屋さんでしょうよ。相撲取りも介護の仕事も、ちゃあんとしたいい仕事なのに、何でそんなに嫌がんのけ？」

姜さんにしつこく聞かれたが、哲治は答えなかった。

★

哲治は、相撲取りになりたいと言った誠を勘当同然で追い出して以来、会いに行くどころか連絡すら一切せず、店でも息子の話は御法度《ごはっと》にしていた。しかし陰では、NHK BSの大相撲中継は全部録画し、誠を応援していた。

姜さんは、毎年九月になると両国国技館《りょうごくこくぎかん》まで応援に行き、誠にたくさんのお土産を持って行ってくれたらしい。哲治も、テレビの大相撲中継で、観客がまだいない砂かぶりに座り込み、誠に声援を送っている姜さんを見たことがあった。ありがたいと思ったが、それを口にはできず、顔剃りした後の彼女の肌に、高い美容液を気前よく使うことくらいしかできなかった。姜さんの三つ年上だという旦那さんは貿易関係の仕事をしており、今は中国で単身生活をしている。

姜さんはついに言い放った。

「わがった。したっけあんたの本心は誠ちゃんに店継いでもらいたいんだ。でもそれが無理なら、せめて世間的に通りがいい、できれば人に自慢できるような仕事に就いてもらいてえと。人前で裸になったり、人のシモの世話するような仕事、見下してんだっぺよ。だけども、それ、あからさまには言えねえ。でもつい本音が出ちゃうんだね。で、言い訳すんのが格好悪いから、怒鳴り散らしてごまかす。でもって、絶対自分からあやまらないから、ほんっと意地焼けっちまうんだよねえ」

相変わらず、ずけずけものを言う人だが、哲治は反論しない。

誠が四歳のとき、哲治はこの町にやって来た。専門学校時代の友人から「店主が亡くなって店を畳もうとしている理容店があって、上の住居部分も含め、居抜きで貸しに出してる」という話を聞き、まったく土地勘がないにもかかわらず、心機一転を図るために引っ越してきたのだ。独立のための貯金はあったたし、ひとりで子育てするなら職住一体のほうが便利である。都内に比べればはるかに安価で、しかもその店はつい最近まで営業していたから、その顧客も引き継げるとにらんだ。

しかし、人口五万の地方都市では、まだまだシングルファーザーは物珍しいらしく、東京からわざわざ引っ越してきたこともあり、周囲の人はなぜ妻がいないのかをしきりと詮索《せんさく》した。なかには、面と向かって親に聞けないから、子供に尋ねる人さえいた。誠の前で平気で「お母さんいねくてかわいそうなんだわ」と言う人もいた。哲治の仕事は、そういう地元の人たちに受け入れてもらわないと商売が成り立たないから、諍《いさか》いを起こさぬよう、必死で怒りを堪《こら》えた。知らない土地で店を始めた緊張や疲労も重なり、家ではイライラしていることも多く、誠がぐずると叩いてしまったこともあった。

そんなとき、誠と美沙ちゃんが仲良くなったこともあり、姜さんがよく誠を夕食に呼んでくれた。すると、哲治は精神的にも時間的にも余裕ができて、夜は商店街の会合や店主が集まる飲み会にも参加できるようになった。男同士のつきあいのなかで、哲治は「よその奴に母ちゃん寝取られたデレ助」という馬鹿にされる役を甘んじて引き受けることで、彼らに受け入れられた。歌いたくもない『浪曲子守唄《ろうきょくこもりうた》』をカラオケの持ち歌にして「にーげたーにょーぼーにゃ、みれんはなーいーがー」とうなることで、詮索はなくなり、同情した男たちが店を利用してくれるようになった。

姜さんは在日韓国人であり、知り合った当初、哲治はあまり近づきたくないというのが正直な気持ちだった。しかし、ベビーシッターや夜間託児所など聞いたこともなく、実家も遠く、頼れる人が誰もいないときに、手を差し伸べてくれたのが姜さんだった。商店街にある焼肉店の親戚ということもあり、商店街の誰と仲良くなるのが得なのかも教えてもらった。誠のことについても相談に乗ってもらった。姜さんがいなかったら、おそらく店はうまくいかず、父と子の関係もかなり変わっていただろう。

しかし哲治は、一時期、姜さんとのつきあいを断っていた。誠が相撲部屋に入って二年目、やはり在日韓国人である姜さんの夫が事業を始め、中国に単身で渡って間もない頃だ。姜さんは実母の介護のために日本に残ったのだが、暇をもてあましている近所の人たちが「オサダ理容店と姜さんがアヤシイ」という噂《うわさ》を流した。哲治は姜さんに店に来ないでほしいと言い、姜さんが腹を立てて疎遠になった。

しかし、その間も姜さんと美沙ちゃんは誠の応援を続けていたらしく、あるとき突然、店に美沙ちゃんがやって来た。確かそのとき、地主の松野もいたはずだ。

美沙ちゃんは、九月場所を観戦したことを話し、哲治に相撲土産（力士の顔が描かれた湯呑みと饅頭《まんじゅう》）を渡してくれた。

「母と一緒に国技館の入口で入り待ちしてたら、誠君が私らに気づいてぱっと走って来てくれたんです。そんで、母に向かっていきなり『父は元気ですか？』って聞いたんです。誠君、よっぽどお父さんのこと気になってたんだなあって」

哲治は、一瞬、目の奥がかっと熱くなった。

「母ったら『あたしら、ごじゃっぺな噂流されちまったもんだから絶交してんだけど、長田さんは元気にやってっかんね。もしなんかあったらあたしから連絡すっから、誠ちゃんは安心して相撲に集中すんだかんね』って言ったんです。誠君、しっかりうなずいて、その日はすんごくいい相撲とって白星でした」

それを聞いた後、哲治は美沙ちゃんに「お母さんに、また店に来てくださいって言っといて」と頼んだ。そして姜さんが来店してくれたことで、またつきあいが戻ったのだった。

それくらい親しい姜さんではあるが、なぜ誠が就いた仕事をこれほど嫌うのか、哲治はほんとうの理由を話せない。


哲治は頭ごなしに、介護職に反対したわけではない。

それこそ、誠の断髪式とそのパーティに出席したとき、哲治はまわりの出席者から、若い男性が介護職を目指すなんてえらい、日本の未来は明るい、お相撲さんは気がやさしくて力持ちだから頼りにされる、と手放しで喜ばれ、ほめそやされたのだ。

しかし、介護職がきつい仕事で、休みは少なく待遇も良くないことは誰もが知っている。もし自分の子供が介護職に就くと聞けば、難色を示すのが普通ではないか。

哲治は、まず誠に、どうして介護福祉士になりたいのかを尋ねた。

そもそも誠は介護どころか祖父母と暮らした経験もない。哲治は北海道のガラス店の次男坊だ。二十年前、父親の葬式のときに親戚みんなが集まっている前で、母親から「女房ひとり従わせることもでききんあんたは甲斐性《かいしょう》なしや」とこき下ろされて以来、実家へは足が遠のいている。

誠は「慰問《いもん》に行って面白かったんだ」と子供じみたことを言った。

「力士として慰問に行くのと、職員として働くのとは全然違うだろ！」

「そりゃそうだけど。僕は明乃富士関《あけのふじぜき》の付け人《びと》として行ったから、舞台でしゃべったり、利用者の人たちと握手したわけじゃなくて」

明乃富士とは、誠の相撲部屋にいる大関である。

なんでも、その慰問の最中、勝手に外へ出ていってしまった老女がいて、たまたま手の空いている職員がいなかったため、ホールの出口にいた誠が老女の後を追いかけた。つかまえると、老女は誠に向かって「あたしは慰問ってのが大嫌いなんだ、へたくそな素人《しろうと》の芸なんか見たくない、幼稚園児はうるさいだけ、相撲取りはでかいだけでつまらん」と怒鳴りまくったという。

「じゃあ何がしたいですかって聞いたら、プリンパフェ食べたいって」

「は？」

「朝顔の形のガラスのうつわに、プリンと果物と生クリームがたっぷりのったパフェ。プリン大好きなんだって。コンビニのやわらかいやつじゃなくて、昔みたいなかたいやつ。そんな話、ずーっとしてて」

「食い意地の張ったばあさんだな」

「話したいだけ話したら満足したみたいで、またホールに戻ったんだけどね。でも、聞きっぱなしってのもよくない気がして、後でそれを職員の人に話したんだ。そしたらその人が『外食イベント』をやってみたいから、もし介護に興味があったらボランティアで来ませんかって。それで、僕とその人で、そのおばあさんと、外食したい人たちをファミレスに連れてったら、すっごく喜ばれたんだよ！」

　誠がまぶしいくらいの笑顔を見せる。こいつはいい奴なんだと思う。しかし今、それを素直に喜ぶことができない。高校を出てすぐに相撲の世界に入った息子は、世間を知らないのだ。

「それで介護やりたいって、ちょっと甘すぎるだろ。他人の、しかも年寄りの世話なんてやったことないくせに」

　誠は、わかってないな、という顔をする。

「付け人ってのは、他人の世話をすることなんだ。僕は相撲を取りながらそれを七年やった。何人かでチームを組むんだけど、洗濯や掃除は当たり前、風呂で背中流したりマッサージしたり、相手が何を求めているかを察知してすばやく行動する。自慢じゃないけど、そういうのけっこう得意なんだ。接客業に向いてるっていうか」

「接客業に向いてるんだったら、床屋だって接客業だろ」

思わず言い返すと、誠が顔を曇らせる。

「……お父さんには悪いけど、僕は、床屋はやらないよ」

声に同情が含まれていて、なおさらかちんとくる。

「俺は、店を継げなんて一度も言ったことないぞ！」

「言ってないけど言ってるよ！　相撲取りはダメ、介護職もダメ、僕のやりたいこと、全否定！」

「仕事なんて他にもいっぱいあるだろ。何でそんな……苦労するような仕事ばかり選ぶんだよ。もっと、普通のサラリーマンとか……」

誠がいつになく話をさえぎった。

「僕は大卒でもなければ資格もない。アルバイトすらしたことがない。そんな二十六歳の男が普通のサラリーマンになるのがどれだけ難しいか知ってる？　それに、有名でも何でもない元力士が正社員になるには、誰かの紹介とかコネとかが必要になるんだよ。僕の場合は、慰問先の職員さんがそこの社長に掛け合ってくれたんだ。介護職は、僕なりに、現実的に考えた結果なんだよ」

哲治自身は、高校卒業と同時に親戚の理容店を頼って上京し、専門学校の昼間部に通いながらその店で働き、理容師になった。それ以外の仕事はしたことがなく、息子の就職先を世話できるコネもない。それこそ店を継がせることくらいしかできない。

しかし、過疎化の進む地方都市にある、こんな理容店を継いだところで未来がないことは、ずっと前からわかっていた。昭和のガンコ親父《おやじ》じゃあるまいし、無理に継がせるつもりなどない。

「あんまり言いたくなかったんだけど、理容師にはならないって小さい頃にもう決めてた。いつだったか、僕がお父さんの使ってるハサミをいたずらしたとき、ものすごく怒られたことがあったんだよね」

哲治は、ああ、とうなずく。誠が小学一年のとき、思い切ってすべてのハサミを一本十万もする新品に買い換えたから、たぶんそれ以降のことだ。ひとりっ子の親というのは、自分の出来事をみな子供の年につなげて覚えている。

「普段から注意されてたからもちろん僕が悪いんだけど、いつものお父さんとちょっと違ってさ。何ていうんだろ、僕のことが邪魔、って顔したんだよね」

「そんな顔するわけないだろ！」

すぐに否定したものの、思い当たることがないわけではなかった。

八〇年代前半、チェッカーズのフミヤの髪型が人気になり、若者たちが理容室ではなく美容室に行くようになった。そのため、専門学校の同期生が、美容師がやっているようなカットもできるように講習会に通っているというのを耳にした。一方の哲治は、家事や子育てに時間を取られ、新しい技術を習得し練習する時間が減り、あせりも感じていた。高級なハサミに買い換えたのは自分に活を入れるためであり、まだ理容師としての野心が残っている証《あかし》だった。

今ならわかるが、誠は、店が終わってもちっとも自分をかまってくれない父親の関心を引きたくて、ハサミをいたずらしたのだろう。そして父親は、練習の邪魔をされたときの正直な表情を隠すことができなかったのだろう。

誠は「まあどっちでもいいけど」と軽く受け流して続けた。

「それで、ハサミは僕の敵って感じになっちゃったから、ハサミを持つ仕事はしたくないと思った。おしゃれに興味がないから、たぶん向いてないし。だから、理容師になることはあきらめてほしい」

「……あきらめるもなにも、理容師にならなくていい」

「そうなの？」

「介護の仕事、やればいい」

すると誠の顔がみるみるうちに晴れやかになったのだった。


誠が介護職に就いて一年くらいたったとき、姜さんが哲治に自分の携帯を差し出して、誠が写っている画像を見せてくれた。それは、誠が東京で小学校時代の友人たちと一緒に撮った写真を、美沙ちゃんに送ったものだという。

誠は力士だったときよりも太っていて、二重顎になり、体の線もゆるんでいた。

「現役のときは太れなくて困ってたのに、厳しい稽古がなくなった途端にこうなっちゃうんだから、皮肉なもんだね。基本、年寄り相手だから、楽してんのかなあ」

哲治が軽い口ぶりで言うと、姜さんが「そんなわけなかっぺよ！」と気色《けしき》ばんだので、彼女が実母の介護で苦労しているのを思い出して「いや、介護の仕事は大変だと思うよ」と取りなす。

姜さんはしばらく画面を眺めた後、しぶしぶ言った。

「これ、ストレス太りなんだわ。誠ちゃん、すんごく悩んでて」

哲治は、両側を女性にはさまれてぎこちなく笑っている誠の顔を見る。

「女にモテないから？」

姜さんが、軽蔑するような目つきで言った。

「介護ができねえから。太りたくねえのにますます太っちまって、まわりに迷惑かけちまってんだと。もともと体でけえから、まずトイレ介助が無理でしょうよ。あんな狭いとこ入れねえから。食事介助でも入浴介助でも他の職員の動きの邪魔になったりして、うっとうしがられちゃうんだわ」

「でも、力仕事のときは頼りにされるんじゃないの」

「うちの母が世話になってるホームの職員さんが言ってたんだけど、痩せてる人でも『てこの原理』を使えば大きな人動かせんだって。要は技術なんだっぺよ。力まかせに動かされると、年寄りにはかえって痛かったりすんだわ」

哲治が黙りこくってしまうと、姜さんは「ほらー、そうやってすぐ深刻な顔すっから、誠ちゃん、長田さんに何も話さねえんでしょうよ」と苦笑しながらも、遠慮なく言った。

「現場で働き続けるつもりなら、トイレ介助できない職員って話になんねえよ。現場に出ないケアマネとか目指す方向もあっけど……やっぱし難しい道選んだなって思う。だからもし、誠ちゃんが介護の仕事やめるって言っても、責めたりしちゃだめだかんね」

結果、誠は現場で働くという、より過酷な道を選んだ。肉をそぎ落として元力士から普通の人になり、介護福祉士としてまわりから認められるようになった。哲治は、そんなほめるべき息子を、心ない言葉で貶《けな》してしまった。

★

誠と回転寿司店で喧嘩別れしてから、三年が経《た》った。

どちらからもまったく連絡はしていない。哲治としては、このままでいいとは思っていないが、姜さんや美沙ちゃんがいることで誠についての情報は入るし、こちらのことも向こうに伝わっているはずだから、特に不都合を感じないままうっちゃっていた。

ところが、姜さんの母が九十二歳で亡くなり、姜さんは夫のいる中国の上海《シャンハイ》へ行くことになった。日本に戻る可能性は低いという。

哲治は、自分でも意外なほどうろたえた。何となく、姜さんはずっと自分のそばにいると思い込んでいた。

哲治は送別会を兼ねた食事に誘ったのだが、引っ越しが忙しいからとすげなく断られた。

そして引っ越す三日前、閉店後の片付けをしているときに、姜さんは菓子折りを持ってやって来た。商店街の知人に引っ越しの挨拶をした後に寄ったのだという。

「姜さんには長い間いろいろと世話になった。ありがとう」

他人行儀な感じで頭を下げると、姜さんはちょっと困ったような顔をした。

「私、誠ちゃんのことだけが気がかり。誠ちゃんは、相撲取りになんのを反対されたときよりもずっと、怒ってんだわ。自分の仕事否定されて、突き放されて、傷ついてんだわ。長田さんが意地焼ける男なのはよくわかってっけど、いい加減自分から折れないと、手遅れになっちまうよ」

哲治は返事をしないかわりに「お茶でも飲む?」と聞く。

「いらない。ほーんと、あんたにはあきれっちまう」

姜さんがため息をつき、顔をそむけるようにして言う。「どうしてこんなデレ助をいっぺんでも好きになっちまったんだか、自分にもあきれっちまうよ」

哲治は驚いて姜さんの顔を見る。この土地に来て確か二十八年。つまり、姜さんと知り合って二十八年、一度だけ体を重ねてから二十六年が経っていた。

妻と離婚して間もない頃の哲治は、誠とどうやって生活するかで頭がいっぱいだった。だが、この地で理容店を始めて少し落ち着くと、飲み屋などで知り合った女たちとつきあうようになった。それはどれも長く続かず、哲治自身も深い思い入れはなかった。そして何かの勢いで、一つ年上の姜さんとセックスしてしまった。

　哲治には後悔しかなかった。それで目が覚めた。妻の影を追い払うかのように、手当たり次第に女と寝るのはやめよう。

　夫がいる姜さんも、あれは一度きりの過ちだと思っているに違いなかった。だから、哲治はそれを「なかったこと」にして、今までと変わらぬ態度で過ごし、あの晩のことを口にすることもなかった。それは姜さんも同じだった。

「だいじだいじ。今はなーんも思ってねえから」

　姜さんが笑みをつくる。実を言えば、哲治は姜さんの好意に気づいていた。それなのに知らぬふりをした。哲治の心の内には、いまだに妻の影があった。

「あんたは壁つくっててさ、息子も、誰も、寄せつけねえ。奥さんに対してもそうだったんなら、出て行っちゃうのもしゃあんめえなあ」

　哲治にとって姜さんは、最も気の許せる親友だった。でも、妻について詳しく話したことは一度もない。姜さんが男だったら、話していたかもしれない。

「何か、さびしくなるね」

　哲治は珍しく本音を口にした。

　姜さんは「落ち着いたら、遊びに来たら」と言い、さっぱりとした顔で出て行った。

姜さんがいなくなって、哲治はやっと、姜さんを妻のように頼りにしていたことに気づいた。毎日顔を合わせるわけではないが、三週間に一回顔剃りに来たり、季節のものや漬物などをおすそ分けしてくれたりして、何くれと店に来ては話をしていった。そういう、何でもないことを話せる相手がいなくなり、家族を失ったような孤独を感じた。

誠のことについても、意思疎通がうまくいかない父と息子の間に姜さんが入ってくれていたおかげで、今まで何とかやってこられたのだった。姜さんがいなくなると、どうしていいかわからない。美沙ちゃんの連絡先も知らない。第一、結婚して今は子育て真っ最中の美沙ちゃんは、誠と会うこともなくなっているだろう。

肝心の理容店のほうは、客足が減る一方だった。一日に三人来ればいいほうで、平日は誰も来ない日もざらだった。最近では、店を開けることさえ億劫《おっくう》になってきた。

六十を過ぎたあたりからトイレが近くなり、夜中に三回は目が覚める。一度起きたらなかなか眠れず、毎朝ぐっすり眠った感じがせず、体がだるい。そのせいか何に対してもやる気が起きず、すぐぼうっとしてしまう。集中力に欠ける。

ついにある日、シェービング中に客の頰を切ってしまった。

すぐに止血はしたものの、右目の下のあたりに二センチほどの傷が残った。相手は常連の肉屋の店主で、「サルも木から落ちんだね」と笑って許してくれたが、哲治のショックは大きかった。

　それによって年内で店を閉める決心がついた。お客さんが来るうちは続けたかったが、その気持ちの糸が切れてしまった。

　この店の大家である松野の家に報告に行くと、四十近い独身の息子が事務的に対応した。仮に店を閉めても、家賃さえきちんと払えばそのまま住み続けられるというのは商店街仲間から聞いていて、引っ越しする意欲のわかない哲治もそうすることにした。この大家は、金と手間暇のかかる商店街の活性化などより、今の安定した収入を選び、せっせとシャッター通りをつくりあげているようだった。

　松野の家を出ると、門の前にタクシーが止まっていて、中から松野とその妻が出てきた。松野は白くむくんだ能面のような顔で、哲治を見ても口はへの字のまま、眉ひとつ動かさなかった。アルツハイマーだという噂は耳にしていたが、あのエネルギッシュで表情豊かな松野の変貌が気の毒で哀れというよりは、明日はわが身という恐怖のほうが先に立った。松野の体を支えながら会釈した六十代の妻は、染めるのをやめたのか、髪が真っ白になっていた。

　年が明けても、哲治は誠に店を閉じたことを伝えず、無気力のままだった。生活が不規則になり、テレビばかり見ていた。節約のためにストーブをつけないでいると、昼間でも何度もトイレに行きたくなる。我慢できなくて漏らすこともあって、さらに外へ出るのが億劫になった。排尿するときに痛みもあり、病気かもしれないと思う。それでも以前と同じように、店の前を掃除することだけは続けた。それは商店街の一員としての務めであり、他人への、自分が生きている目印だった。夜になると孤独死のことばかり考えるようになったが、だからといって誠に連絡することはなかった。もし冷たくあしらわれたら、今度こそ生きる気力がなくなってしまう。

店をやめて丸一ヶ月経ち、夜は氷点下になることが続いたある日、松野の妻が脳梗塞で亡くなったという知らせが届いた。哲治は、夫のほうではなく妻というところにやるせないものを感じた。葬式に出るため、久しぶりに床屋へ行かなければならなくなった。知り合いの理容店にも千円カットの店にも行く気になれず、車で買い物に行く途中に見かけた理容店へ行ってみることにした。

若い店主が一から始めた店らしく、白い漆喰《しっくい》の外壁に、薄茶色の木製の扉がアクセントになっていて、三色の小さなサインポールがなければ喫茶店か美容室と間違えそうな店だった。かといってそれほどお洒落《しゃれ》というわけでもなく、「レディースシェービングやってます！　お子様のカットも喜んで！」という丸文字の横に下手なイラストが添えられた黒板が店の前に置かれ、ピンクや赤色の花の寄せ植え鉢が雑然と並べられている。おそらく奥さんか女性店員がやっているのだろう。赤ちゃんの髪で筆をつくるという「赤ちゃん筆」の幟《のぼり》が店の脇に立てかけられていた。総合調髪四千円というのは、個人経営の店なら平均的な価格設定だ。

中に入ると、ゆったりしたワンピースを着たショートカットの若い女性が受付で迎えてくれた。椅子は二台あり、中年男性の先客がひとり。髪を切っているのは、三十代くらいで、口ひげと顎ひげを短めに整えた、茶髪のツーブロック＆パーマの男性だった。軟派《なんぱ》な感じであまり印象はよくなかったが、女性に「すみません、十分くらい待たせちゃうけど、どうすっぺ」と聞かれ、待ちますと答えてしまう。女性はアシスタントらしく、施術は店主だけがやっているようだ。

哲治は店主の手元を観察する。スピーディで、動きに無駄がなく、かなりの客数をこなしてきたのが窺える。客とほとんど話をせず、そこにも好感を持つ。話しかけられるのが嫌いな客というのも一定数いて、相手がそうだとわかれば一切話をしないのも大切な接客術だ。かつて、哲治の店の常連客の中にも、十年間ほとんど話をしたことがない強面《こわもて》の男性がいた。松野が、あれはヤクザに違いないと言ったのだが、実は海沿いにある高級リゾートホテルの支配人だった、ということもあった。

先客がカットを終えて帰り、哲治の番になった。店主は哲治の顔を見ると、意外と人なつっこい笑顔を向けて「今日はどういたしましょうか」と尋ねた。こちらが理容師だと気づかれないように、さっぱりしたい、などと適当な言葉を使う。店主は、耳周りや襟足の長さなどのポイントを押さえつつ、丁寧にイメージを確認していった。

店主が髪を切り始めると、女性が後ろのほうに立ったまま、その手さばきを見ている。その真剣なまなざしは、あきらかに修業中のアシスタントのものであり、哲治はなつかしく感じる。

「お客様はこの近くにお住まいですか」と店主が尋ねる。

「いえ、うちは南町《みなみちよう》だから。今日は車で」

「そうですか。遠くからありがとうございます」

哲治は、地元のなまりのない敬語を聞いて、都内のしっかりした店で経験を積んできたのかもしれないと思う。

そのとき、店の上のほうから突然、けたたましい赤ん坊の泣き声が聞こえてきた。後ろにいた女性があわてて哲治に向かって「すみません」と頭を下げ、二階へ駆け上がっていく。

「お耳障りで申し訳ありません。息子がまだ四ヶ月でして……」

ああ、二人はやはり夫婦だったのか。夫婦が、妻の郷里で新しく店を始めた、というところだろうか。

「大丈夫ですよ、赤ん坊は泣くのが仕事ですから」

哲治が微笑《ほほえ》むと、店主は心から安心した表情を見せた。

「奥さんは理容師の免許を取られているんですか？」

「あ、いえ、これからなんです。自分からやりたいって言い出して、通信で勉強始めたんですけど、子供ができて……なかなか大変なんですけど、本人はがんばってます」

赤ん坊の泣き声はさらに激しくなり、店主が「いつもはこんなに泣かないんですけど、昨日の夜からちょっと風邪っぽくて」と恐縮している。少しすると、泣きじゃくる赤ん坊を抱いた妻が下りてきて、一直線に外へ出ていく。それを店主の視線が心配そうに追う。

「あの……見に行ってきてください。私も気になるので」

「じゃあ、お言葉に甘えて。恐れ入ります」

店主がハサミを置いて一礼し、店の外へ出て行く。哲治は、ほっとして、手で顔を被《おお》う。思い出が次から次へとあふれ出て、体がしびれたように震える。

それから一ヶ月が経ったある日の夜、哲治は誠に手紙を書いた。

拝啓　三寒四温の今日このごろ、元気で過ごしていますか。私は明日から済生会《さいせいかい》病院に検査入院します。前立腺がんの疑いがあるということで、さらに組織を取って調べるのです。入院は一泊なので見舞いに来てほしいということではありません。誠にどうしても伝えたいことがあって手紙を書きました。

私は、介護の仕事をしている君のことをとても誇りに思っています。でも、あのとき私が怒ってしまったのには理由があります。それは君の母親である真由美《まゆみ》と関係があります。

これまで君に、真由美について話したことはほとんどないと思います。これから、少し書きます。

真由美と初めて会ったのは夜の電車の中です。私は二十七歳、真由美は二十四歳でした。私と真由美はつり革につかまりながら並んで立っていて、私の目の前に座っていた泥酔男が嘔吐《おうと》しました。私は服を汚され、怒鳴りつけようとしたのですが、隣にいた真由美が、すぐに自分のハンカチやティッシュを出して私の服を拭き、それから男の服を拭き始めました。そして、男に声をかけて次の駅で降ろそうとしたので、仕方なく私も手伝いました。

それが出会いです。

真由美は私とつきあううちに理容師を目指すことに決め、通信で勉強しながら、私の働く店にアシスタントとして入店しました。しばらくして真由美は妊娠し、私たちは結婚しました（順序は逆ですが、私は最初から真由美と結婚するつもりでした）。そして生まれたのが、君です。生まれたその夜、私は家の近くの環七通り《かんななどお》りを一晩中歩き続けました。うれしくて眠れなかったのです。真由美と二人で独立して店を持ち、親子三人が仲良く暮らすのを夢見ていました。

ところが、どこで調べたのか、真由美の元恋人という男が私たちの前にあらわれました。途中のことは省きますが、結果、真由美が昔、ソープランドで働いていたことがわかりました。その男に貢《みつ》いでいたようです。私はその過去を許すことができず、真由美は離婚届を置いて出て行きました。

許さなかったことについては、また後で書きます。とにかく、私はずっと、誠と真由美が再び会うことがとても怖かったのです。

誠が相撲取りになることを反対したのは、誠の活躍を知った真由美が会いに来ることを恐れたからです。また、誠が横綱になったとき、もし母親がソープランドで働いていた過去がばれたらどうなってしまうのか、とも恐れました。私は、誠が力士として成功すると思い込んでいたのですから、かなりの親ばかです。

そして、誠が介護の仕事に就き、見ず知らずの他人の体を洗って喜ばれているというのを聞いたとき、真っ先に思い出したのが真由美のことでした。君は、すすんで人を助け、相手の気持ちを思いやることができる、私よりはるかに立派で善良な人間です。君の母親もそうです。君は、父親である私ではなく、母親に似ているのです。だからあのとき、私はつらかった。

私は去年で理容店を閉じました。後悔はありません。けれども、真由美を許せなかったことは、心の底から後悔しています。そんな自分は、プライドばかり高い、ええ格好しいの意地焼ける男だと思います。

私は、店をやめた後、自分が死んだらどうなるかということばかり考えていました。そして、思い残すことはないようにしようと思い、調査会社に頼んで、真由美の居所を捜してもらいました。

その住所が書かれた紙を同封します。

誠にお願いがあります。

私のことは許さなくていいから、真由美のことは許してほしい。

哲治が一泊二日の入院を終え、受付で支払いをしていると、後ろから「お父さん」と声をかけられた。振り向くと誠が立っていた。

「行き違いにならなくてよかった」

誠は哲治を見るなり、笑顔になった。久しぶりに見る誠は、頭頂部の髪をヘアワックスで立てて、お洒落になっていた。

「なんでここに？　仕事は？」

「休みもらった。父が緊急入院ってウソついて。体、どう？」

「別に痛みはないんだけど……担当の看護師が若い女性で、恥ずかしかった」

誠が突然来たことに当惑しながらも、やさしい問いかけに気がゆるんで、ぽろりと口にした。

「ああ、それは恥ずかしいね。ねえ、どっかでお茶しない？　駅から歩いてきたから喉渇いてて」

誠の口調はいつもと変わらず、もしかして手紙を読んでないのかと思うが、読まなかったらここに来るはずがない。

哲治は、手っ取り早く、院内にある古めかしい喫茶店に案内した。

哲治はホットコーヒー、誠はコーヒーフロートを頼んだ。誠は、注文したものがきても「アイスがとけてコーヒーとまざったのがおいしいんだよ」と言って、すぐには手をつけなかった。

「昨日の夜、お母さんに会ってきたよ」

「えっ？」

「手紙読んで、すぐに電話して、店に行った」

真由美の住んでいるところは千葉だから、都内からはそう遠くない。真由美は再婚して、夫と理容店をやっている。二十三歳の娘がひとりいて、会社員として働いているという。

「昔、お父さんが僕に『お母さんは美人だった』って言ったの、覚えてる？」

「いや……そんなこと言ったか？」

「言った。それがずっと頭にあったから、最初会ったとき、ちょっとびっくりした。っていうか、昔は美人だったんだろうけど、けっこうぽっちゃりしてて、ふつうのおばさんって感じだった」

誠が携帯の画像を見せてくれる。真由美は確かに太っていたが、若いころの顔立ちのままで、哲治はしばらく見入ってしまった。

「僕は、お母さんのことほとんど覚えてないし、顔もそれほど似てないし、何かピンとこないんだよ。お母さんも、三十年ぶりに会う息子にとまどってる感じだった。でも、僕が赤ん坊の頃の写真をずっと持ってて、見せてもらったよ。再婚した旦那さんも僕のこと歓迎してくれて、やさしそうないい人だった」

誠が落ち着いた口調で話す。母と息子の、涙、涙のご対面！　のようなものを想像していた哲治は、釈然としなかった。

「誠は、ずっとお母さんに会いたかったんじゃないのか？　それともお母さんの過去を知って、気持ちが変わったとか」

「あのさー。お父さんは昔から、母親がいなくて申し訳ないみたいな雰囲気を醸《かも》し出してたけど、僕はさみしいと思ったことないよ」

「そんな無理しなくても……」

「ほんとだって。お父さんが僕を大事にしてくれてるのはわかってたし、姜さんや他のお客さんにも可愛がってもらったし、両親が揃《そろ》ってるのに虐待されてる子に比べたら、僕は幸せに育ったと思う。物心ついたときから母親ってもんが存在してないんだから、いなきゃいないで平気なんだよ。よそはよそ、うちはうち」

誠がまるで子供に言い聞かせるように言う。哲治は、もし誠の前に母親があらわれたら、父親などあっという間に捨てられるのではないかと怯《おび》え続けていた。それは、子供には母親が必要だという世間の常識を信じ、子供は母親の愛を求めるに違いないと思い込んでいたからだ。だがそれは、両親が揃っていた自分の偏見だったのか。

「僕が力士になって叩き込まれたことは、終わってしまった出来事をあれこれ考え続けないこと。ひとつの負けにこだわると、あっという間に負け越すからね。だから、お父さんは腹の底から後悔してるんだし、許すとか許さないとか、今の僕にとってはたいしたことじゃない。あの手紙の最後も、ちょっとかっこつけすぎかなって」と誠がくすりと笑い、哲治はむっとする。

「お母さんも言ってた。お父さんのことは『たまたま、肝っ玉の小さい男に当たって失敗した』ってことにしてるって」

哲治は「一生許さない」と言われるより、がっくりきた。真由美にとって哲治は、とっくの昔に忘れ去った過去の人なのだ。

「お母さんが風俗で働いてたことも、若い頃だったら動揺したと思うけど、僕もいい年だしね。お年寄りを介護していると、その人の過去とか昔の肩書きとか、意味なくなってくるんだよ。介護するときの参考にはするけど、結局、今はどういう人なのか、それがすべてだから」

誠はひと息いれるように、白濁してきたコーヒーフロートを飲み始めた。入口を見ると、点滴をぶらさげたキャスターをガラガラ鳴らしながら中年男が仏頂面《ぶっちょうづら》で入ってきて、その後ろを、妻と思《おぼ》しきやつれた中年女がうつむき加減で入ってきた。哲治は唐突に、自分たちの離婚は真由美にとって幸運だったのかもしれないと思った。

「昨日、お母さんにカットしてもらったんだ」

誠の指先が、ツンツン立った髪に触れる。

「そうか……なかなか似合ってるよ」

「シャンプーもしてもらったんだけどさ、ちょっと感動したんだ。お父さんとおんなじなんだもん、指を動かすリズムとか、最後に、頭頂部のあたりをがっつりマッサージするとことか」

真由美にシャンプーの仕方を教えたのは哲治だ。その教えを今も守っていることを知って、うぬぼれかもしれないが、真由美は自分のことを許してくれているのではないかと思う。

「お父さんもお母さんも僕も、人にシャンプーするの、うまいんだよね。そうやって三人がつながったから、これでじゅうぶん、って思った」

誠は満足そうに言った。

「……すまん」

哲治は息子に頭を下げた。

それから十日後、哲治は誠に電話して、前立腺がんが見つからなかったという結果を伝えた。

「前立腺肥大症についても、このまま薬物治療していきましょうってことになって、とりあえず安心してる」

「ああ、よかった！　ねえ、早速で悪いんだけど、お父さんに頼みたいことがあるんだ」

誠の働いている施設にボランティアとして髪を切りに来ていた理容師が、体を悪くしてもう来られなくなり、代わりの人が見つかるまで哲治に来てもらえないかという相談だった。

「月に一回、僕のほうでアゴアシ付けるし、僕のところに泊まってもいいけど、うちの利用者はお金に余裕がないからカット代は払えないんだ。それでもよければ、ぜひ来てほしいんだけど」

息子に頼られ、しかも自分の腕を活《い》かせる。哲治は久しぶりに、全身に力がみなぎってくるのを感じた。金なんか二の次だった。

「しょうがないな。行ってやるよ」

「ありがとう！　……あのさ、僕はあまり休みが取れないからそっちにはちょくちょく帰れないけど、その分、お父さんが来てくれたら歓迎するから」

「なんだよ急に」

今まで実家にぜんぜん来なかったくせに、という言葉は飲み込む。

「……高校のときのことなんだけどさ。お父さんのつくった弁当食べてて、これずっと食べられたらいいなって思ったんだよね。それでふっと、これやべえな、自分は一度、家を出たほうがいいなって思ったんだ」

哲治は、うん、とだけ返事をする。

「それと、これ言ったらお父さん怒るかもしれないけど……僕はひとりっ子だし、お父さんが僕のことを思ってくれればくれるほど、逆にプレッシャーに感じちゃって、ときどきしんどくなることもあったんだ。だから、お父さんとなるべく離れて、お父さんの期待に応えられない自分を責めないようにしてた。でもこれからは、お父さんと少しずつ近づいていければいいかなって」

息子のほうが、とっくの昔に親離れしていた。でも、離れていた時間があったからこそ、また近づけるのかもしれなかった。

「俺はまだまだひとりでやっていける。気にすんな」

不満やさびしさを飲み込んで明るく言う。それが、すべてを許してくれた息子への、ささやかな返礼だった。

女社長の結婚

「今日はシャチョーさんのおごりってことでいいよね」

「ワリカンに決まってんでしょ。無職だからって甘えんじゃねーよ」

ビチッ！

花村万純《はなむらますみ》は、ついうっかり、向かい側に座っている二十八歳の男が突き出した額《ひたい》に、マニキュアの塗られていないぎりぎりまで爪を切ってある指でデコピンしてしまった。

「イッテ～！　昔よりもイッテ～！」

相手もお約束とばかりに、額を押さえながら大げさにころげまわる真似をする。焼肉の臭《にお》いが染みついた畳の上で男の太い脚がバタバタと動き、おしぼりと水を持ってきたバイトの女の子が、露骨に不快な顔をする。女の子の眼前を横切った右のソックスのかかとが擦り切れていて、今にも穴があきそうなのだが、それについては見なかったことにする。

「グー太、ほら、邪魔だよ」

「あ、すいません」

グー太こと若林翔太《わかばやししょうた》は、女の子にぺこりと頭を下げ、テーブルに向かって座りなおした。額をさすりながら「ひさびさにジーコさんにやられた〜」と笑い、アントニオ猪木《いのき》にビンタされたファンみたいにうれしそうだ。

「えーと、まずタン塩？」

「ちょっと待って。一年ぶりだから、ゆっくり作戦練っていい？」

子供みたいに目をきらきらさせながらメニューを開き始めた。こいつは永遠の小学四年生だと、万純は思う。

「好きなだけ悩めば。あ、生中《なまちゅう》とウーロン茶、お願いします」

万純はバイトの子にオーダーしてから、メニューを真剣に見ているグー太を見てほっとした。次はどこの国に行くかすら決まっていないのに、意外と元気そうだ。

万純とグー太は同じ地元で、小学生の頃からのつきあいである。小さいときから身長が高かった万純は、男子のなかに女子が二人しかいない地元のジュニアサッカーチームのゴールキーパーをしていて、小六のときにはキャプテンも務めた。

一方、二つ年下のグー太は、小三のときにそのチームに加入してきた。背が低くて落ち着きがなくてお調子者だった。でもとてつもなく運動神経が良く、サッカーがうまかった。だから年上の男子からはいじめられがちで、体も態度もでかい万純がそれをかばいつつも、デコピンしたりしてかわいがり、グー太は子犬のようになついてきた。兄と妹がいる万純にとって、ずっと欲しかった弟のような存在だったのかもしれない。

あの当時の万純は、自分を女だと意識したことはほとんどなく、これから先も自分は男と対等に戦えるものだと思っていた。ただ、サッカーに関しては、どんなにがんばってもグー太にはかなわないことがわかった。グー太は誰よりもサッカーセンスがあり、誰よりも努力家だった。

しかし、グー太は一見明るく強気にふるまっているが、実は気が小さく甘ったれだった。万純の前ではいつもグズグズと弱音を吐いた。中学生になった万純がチームを離れても、小学生のグー太は万純の家へ自転車で文句を垂れにやって来た。グー太は中学に入ると、サッカーのため、埼玉にいる叔母《おば》のところで下宿するようになったので、しばらくは音信不通だったのだが、高校生になって近所で偶然万純と再会すると、まるで堰《せき》を切ったかのようにこれまで溜《た》まっていたグズグズをぶちまけた。それですっきりして味をしめたのか、以来、グー太は定期的に電話をかけてくるようになった。実家に帰省したときは、万純の家の近くにある公園でしゃべった。

「レギュラー外されてオレもう死にそう、ってか死にてぇー」

「じゃ、死ねば」

「監督がしょーもない奴で、えこひいきばっかかすんだよ」

「あんたがえこひいきくらいで外されるようなレベルなのがだめなんでしょ」

「司令塔のオノダが右サイドばっかパス出して、左サイドのオレんとこボール回さねえの。右がマークされてたら、強引にロングシュート。オレ、あいつに何もしてねえのに……嫌われてんのかな」

「私が知ってるわけないでしょ。オノダに聞け、オノダと話せ。そんな簡単なこともわかんないなんてバカじゃないの」

男はほめておだてて育てるのが一番、という言葉は、ネットなんかに腐るほど出てくるし、母と兄を見ているとまさにその通りだと思う。それに、いくらがさつな万純でも女友達やパートの人たちには気を遣ってしゃべる。でも、昔からグー太には心置きなくきついことが言えて、それが快感というかストレス解消なのだ。そして罵倒《ばとう》されたグー太もそれほど意気消沈することなく、相変わらずグズグズと愚痴を言い続けている。

というわけで、万純は翔太のことをずっとグズ太と呼んでいたのだが、彼が大学二年のとき、ブラジルのサッカークラブ入団のために単身渡航してからは、ちょっと尊敬の意味を込めてグー太に変えた。ちなみに、グー太が万純のことをジーコと呼ぶのはサッカーのジーコとは何の関係もない。小学生のときの万純のあだ名がジャイ子で、それがジャー子になり、ジーコになっただけである。

飲み物がきたので、まずは乾杯する。

「スロベニアからおかえり！　次はもっと知ってる国に行けますように……っていうか、行けるあてはあんの？」

「まあね。でもさー、契約条件とか、いろいろめんどくせーことがあって」

と、エージェントの誰それがどうしたこうしたと愚痴り始めたので「ビールの泡、消えそうなんだけど」といい加減なところでさえぎった。

「じゃ、ジーコさんも新商品が売れて大儲《もう》けしますように！」

グラスをぶつけ、二人で喉を鳴らす。

「すいませーん！　オーダーお願いします」

グー太が手を上げ、さっきの女の子がかったるそうにやって来る。

日焼けした童顔に似合わないあごひげ、ぱさぱさの金髪、プリントが剝《は》げかけたTシャツにジーンズは、このへんのちゃらい兄ちゃんみたいで、とてもプロサッカー選手には見えない。Jリーグに所属したのは一シーズンだけだった。あとはアジアや東欧などの海外のサッカーリーグを渡り歩いている。近年、そういう選手は増えているのだそうだ。

ポジションはミッドフィルダー。高校のときに全国大会に出場して若干注目されたものの、日本代表に選ばれたこともないから、よほどのサッカーマニアでもない限り若林翔太の名前や顔を知っている人はいない。地元の仲間なども、昔は「錦糸町《きんしちょう》の期待の星！」と持ち上げていたのに、最近では「もうすぐ三十なのにまだやってんの？　将来どうすんだろ、ヤバイよね」と陰口を叩いている。

「カルビ～カルビ～、夢にまで見たカルビ～、だから今日はカルビ祭り～」

目の前のグー太は、でたらめな歌を唄いながら楽しそうに運ばれてきた肉を焼き始めた。そして自分もしっかり食べながら、母鳥のように、ちょうどいい具合に焼けた肉を万純の皿に入れる。面倒くさがりやの万純は、喜んでそれを食べる。

グー太のスロベニア生活の話から万純の仕事の話に変わったところで、万純は大きな紙袋を渡した。

「新商品持ってきたから、知り合いの人にも配って」

「おーっ。今、食べていい？」

「焼肉食べてんのに？」

「ぜんぜん関係ない」

グー太は酒が飲めないが、甘いものは大好きだ。

「店の中だから、こっそり食べてよ」

万純が社長である『花村製菓』は、駄菓子屋で売っている麩《ふ》菓子をつくっている会社だ。

戦前、万純のひいおじいちゃんが錦糸町で駄菓子を製造する会社を興《おこ》し、戦後は麩菓子だけをつくり続けてきた。万純はそこの四代目社長なのである。

グー太が新商品を一袋つかみ出し、表と裏を何度もひっくり返しては眺めている。

「へー、おしゃれだねー」

「あえて中身が見えないようにしたんだ。まさか麩菓子が入ってるとは思わないよね」

茶色の無地の紙袋に、アルファベットで商品名と会社名を入れただけのシンプルな包装。経営コンサルタントに紹介してもらったプロのデザイナーに頼んで、若い女の子にも手に取ってもらえるように、手作りのクッキーが入っているようなイメージのパッケージをつくってもらった。

「けっこう小さいね」

グー太は袋の中から一個取り出すと、包みをひらいて口に入れた。

「ちょこっとつまめるサイズがいいんだよね。個包装だから手も汚れないし、シケないでしょ」

「おっ、チョコ味～」

「次世代麩菓子ってことで、チョコレートコーティングしてみたんだ。これが成功したら、ミルク味とかいろいろ試してみるつもり。若い女社長が駄菓子の会社を継いで新たな挑戦をしてるって、テレビやネットメディアでも紹介されて、結構話題になってんだよ」

次の移籍先も決まってないグー太に仕事の自慢をするのは申し訳ないような気がしたが、ついロから出てしまう。

グー太は食べ終えると大きな紙袋をのぞき込んで「いつものやつはないんだ」と残念そうにつぶやく。いつものやつとは、昔ながらの、黒蜜がかかった麩菓子のことだ。

「あっちのほうがいいの？」

「だってあれうまいもん！　……食べてるといろんなこと思い出すし」

小学生のグー太がわざわざ万純の自宅までやって来たのは、麩菓子をもらうためでもあった。万純の家のおやつといえば欠けて売り物にならない割れ麩菓子なのだが、万純は甘いものが苦手だから、それをグー太にこっそり渡していたのだった。

「でも、変わらないとじり貧だから。新商品出したことでうちの会社が話題になって、昔ながらの麩菓子もまた売れてきてんだよ」

「なるほどねー」

グー太の感心している表情を見て、万純は久しぶりに晴れやかな気持ちになる。

万純がいろんな媒体で取材されるようになると、「すっかり時の人だねえ」と皮肉めいた言い方をする元同僚や、逆に、それまではお互いの仕事について何でも話をしていたのに急にこちらの仕事について触れなくなった大学時代の友達もいて、そういうことが少しずつ澱《おり》のように溜まっていた。親戚のおばちゃんは「マスミちゃんは外も中身も立派なんだから、テレビに出てこれ以上立派になるともらってくれる人がいなくなっちゃうよ」とほめてんだかけなしてんだかわからないことを言い、三十歳独身女の心をざわつかせた。最近になって、母の与志子《よしこ》が「早く結婚しろ」というプレッシャーをかけてくるのも憂鬱《ゆううつ》の種だ。

だから、こうして素直に喜んでくれる後輩を前にすると、心がなごむ。

「そんなに売れてんならやっぱジーコさんにおごってもらおう。すいませーん！　上カルビ二皿追加で」

「おごらないよ」

「じゃあ並に変更」

「ケチケチすんな、上にしよう！」

そう言いながら、結局、万純がおごった。

グー太は高給取りではないのだし、下町育ちの万純としては、自分が年上で先輩なのだからまあおごってもいい、とは思う。でも、店を出るとグー太はあっけらかんと「財布の中に三千円しかないから、『むじんくん』まで走るつもりだった」と言い、万純は「もう二十八なのに、それじゃ彼女いなくて当然だな」とあきれる。

店に入る前は曇り空だったのに、今は、梅雨《つゆ》らしい、湿気がまとわりつくような細かい雨が降っていた。万純は折りたたみ傘を鞄《かばん》に入れていたが、グー太は傘を持っておらず
「ジーコさんちまで送るから、その後、傘貸してよ」と言う。

「わかった、うちに寄って割れ麩菓子もらいたいんでしょ」

「ばれたかー」

万純はグー太に傘をさしかけようとするが、グー太は「オレ平気だから」と言って傘を万純のほうへ戻す。

しばらくすると錦糸公園の横に出た。

区民祭りやジャズフェスなどのイベントも行われているだだっ広い公園だけど、子供の頃からここで遊んでいる万純にとっては勝手知ったる自分の庭みたいなものだ。グー太とも、ベンチに座って缶ジュースなんか飲みながら、将来の夢を語り合ったりした……。

「グー太はいつまでサッカー続けるつもり？」

昔のことを思い出しながら、万純は尋ねてみる。

「え？　まー、できるだけ長くやりたい」

予想していた答えとは違っていて、万純は尖《とが》った声で尋ねる。

「でも四十、五十までやれるわけじゃないんだし、引退した後のこととか少しは考えてる？」

「そんな先のことなんかムリ！　今はサッカーのことしか考えられない」

「さすがサッカー馬鹿」

非難したつもりなのに、グー太は「そうそう、それそれ」と笑っている。

「つっこんだこと聞くけど、給料っていくらくらいなの？」

「まー、同世代のサラリーマンの半分以下かな」

予想以上に低くてびっくりする。

「それで生活できてんの？　不安とかないの？」

すると、グー太は万純のほうに顔を向け、歩きながら言った。

「でさ、オレ思ったんだよね。ジーコさんと結婚したいって！　ジーコさんが社長になって、自分の気持ちがよくわかったんだよ。ジーコさん、頼りになるしさー……」

万純は唖然《あぜん》として立ち止まった。

「バカにしないでよ！」

怒鳴った後、猛然と歩き出した。

「え？　え？　ちょっと待って。バカになんかしてないよ」

グー太が追いかけてくる。

「もうっ、サイテー！」

「えー。オレってそんなにダメ？」

グー太が隣に来て万純の顔をのぞき込む。濡《ぬ》れた髪が額に貼りついていて、カッパみたいで情けない。結婚を申し込まれているというより、金を貸して欲しいとお願いされているような気分になる。

「ダメ！　ありえない！」

きっぱり言うと、グー太はそれ以上ついて来なかった。万純は一度も振り向かなかった。生まれて初めてプロポーズされたのにちっともうれしくない。しかもグズ太からだし。好きとか愛してるとかの言葉もなく、生活のために結婚したいような言い草で、万純はだんだん悲しくなってきた。

家に帰ると、今度は母が待ち構えていた。

そして何と、墨田区役所に勤める三十五歳男性の見合い写真を万純に見せたのだった。

好みのタイプではない、としか思わなかった。

「来週か再来週の土日、会うことになってるから」

「は？　会わないって選択肢はないの？」

「横山《よこやま》さんが紹介してくれたの！　向こうは婿に入っても構わないとまで言ってくださってんだから。ほら、これ読んでみて」

横山さんは母の友達である。万純は母が突き出した紹介状を無視して、風呂に入るために浴室へ向かった。

万純が二十代のとき、母から結婚についてあれこれ言われたことはなかった。母は、長男である六つ上の万太郎《まんたろう》の結婚のほうが気になっており（でも兄はいまだに独身）、社長の父が病気で倒れてからは、専務として『花村製菓』を守ることに必死だった。娘の結婚どころではなかったと思う。

万純のほうがまだうっすらと結婚について考えていた。五年前に父の病気がきっかけで食品会社の営業職をやめ、工場を手伝うことになったとき、これで新しい出会いが減り、結婚から遠ざかるかもしれないと思った。それでも、結婚より家業の存続のほうが大事だった。まわりの友達の婚活話も他人事《ひとごと》のように聞いていた。一昨年、父の死去に伴って『花村製菓』取締役社長になり、今年になって新商品を発売してからは、ますます仕事に没頭している。

ところがここ最近になって、母が万純の婚活に乗り出した。万純がテレビに出たときに「ただいま花婿募集中！」というテロップが流れたのだが（それは番組ディレクターの配慮だった）、男性からの応募や問い合わせ、「うちの息子をぜひ」というような反響がまったくなかったため、周囲から「早く手を打ったほうがいい」と言われたらしい。

万純は、結婚したくないわけではない。子供も産みたい。でも、彼氏がいたのは大学三年のときの一度だけで、しかも四ヶ月で別れた。それ以来、デートというものをしたことがなく、恋愛は苦手分野である。

例えば、水泳が苦手＝泳げない場合は、体育の授業がある十代の頃まではつらいけれど、大人になればそういう方面に近づかなければいいだけの話なので、楽勝だ。でも、恋愛が苦手＝彼氏がいたことがない場合、二十〜三十代というのがいちばんつらい時期である。社長業でいっぱいいっぱいなのに、そのうえ男とつきあえ、それが無理なら見合いでいいから結婚までがんばれ、と言われてキーッとなる。ほっといてほしい。グー太のプロポーズも、万純からすれば、グー太がサッカー選手として敗北宣言をしたとしか思えなかった。

しかし、湯船に浸かっているうちに、違う考えが浮かんできた。

もしかしたら、グー太のあれはいつもの軽い冗談だったのではないか。それをまともに受け止めて本気で怒った自分は、ものすごくかっこ悪かったのではないか。

「うわーっ！」

恥ずかしさのあまり叫んでしまう。そのタイミングで浴室のドアが開いて、母が顔を出した。

「マスミ！　周《しゅう》さんが車にはねられたんだって！　今、張《ちょう》さんから連絡あって、命に別状はないけど大怪我だって」

「えーっ！」

周さんと張さんは中国人夫婦で（中国は夫婦別姓）、二人とも麩菓子工場の大事な従業員である。

万純と母は浴室のドアを開け放したまま、今後のことを相談した。

★

翌朝、万純はいつもより一時間早い五時半に起きた。作業着に着替えて顔を洗った後、どうせ化粧してもドロドロに崩れるのだからやめようかと思うが、やはりすることにした。

万純が会社員をやめて麩菓子工場で働くことになったとき、母からまず言われたのが「毎日きちんと化粧しなさい」だった。もうすぐ六十代の母自身、一日中工場で働いているにもかかわらず、メイクは欠かさず、仕上げはオレンジの口紅で、周囲の人たちからよく「お母さん、若くてきれいだよね」と言われた。

「あたしはね、麩菓子屋の女房だからこそ、いつもぴしっと身綺麗《みぎれい》にしてんの。ここには近所のお客さんも来るからね。疲れ切った顔してつくってる麩菓子がおいしそうに見えるわけないでしょ」

そして、母はもうひとつ命じた。

「誰よりも早く工場に行って、一番遅く帰ること。ただでさえ、経営者の身内っていうだけで人をこき使う立場になったと思われてるんだからね。それくらいしないと人はついて来ないし、何か言ったって説得力ないから」

父が病に倒れて以来、母は毎朝六時半には自宅の一階にある工場へ行き、黒蜜を炊《た》く大きなガス釜の火を点《つ》ける。温まるのに三十分から四十分かかるからだ。その間に家事を済ませ、釜の中で攪拌《かくはん》されている黒蜜の濃度を確認したりしながら、出勤してくるパートさんを待つ。そして八時に始業、終業は午後五時。夏の暑い時期は麩菓子の売り上げが落ちるので三時に終わる。

一方の万純は、通常ならば、自宅の二階にある第二工場へ七時に行く。昔ながらの麩菓子をつくる一階の工場は母に任せ、万純は新商品をつくる第二工場で働いている。

自宅のある一帯は、かつて多くの製菓所が操業していたが、今はもうほとんど残っておらず、低層で間口の狭いビルがみっしりと立ち並ぶ住宅地になっている。庭つきの一軒家というのは、このあたりではまず見かけない。万純の自宅は、小さなアパートくらいの大きさの三階建てのビルである。父が生きていた頃は二階と三階が居住エリアだったが、万純が社長になった後に二階を新工場として改築し、現在は、三階に万純と母と妹の万姫《まき》の三人で住んでいる。大手企業でソフトウェアエンジニアとして働く兄の万太郎は、大崎《おおさき》でひとり暮らしをしている。

万純は、今日からしばらく周さんの代わりに一階の工場で働くことにした。彼は工場にいる唯一の男性であり、黒蜜が入っている熱い釜の中に大量の麩を浸《ひた》す作業をひとりでやっていたのだ。

約百本の麩がびっしりと詰め込まれた金網の籠《かご》を持ち上げ、たっぷりと黒蜜をまとわせる。ずしっと重くなったその籠を持ち上げると、乾燥用のベルトコンベアーの上に黒々とした麩をまんべんなく広げる。そしてまた麩の入った籠を持ち上げては黒蜜の釜の中に浸《つ》け、また持ち上げてベルトコンベアーに麩を広げ……という単純作業を、釜からの熱と余分な黒蜜を飛ばす熱風とにさらされながら一日中続けるのである。

基本、体力勝負の仕事ではあるが、すべての麩にちょうどいい塩梅《あんばい》の黒蜜をコーティングするという作業は、それなりに経験と勘が必要であり、その作業をしたことがあるのは万純しかいない。

五年前、『花村製菓』に入社したときから、麩菓子に関する仕事は製造から配送まですべてひと通り経験することに決めていた。だから、二階の新工場ができるまでは、周さんに教えてもらいながら、彼が休みのときは代わりに働いていたのだ。

万純は気合を入れるためにいつもより太く眉を描き、手ぬぐいを額に巻いた。

ひとりで朝食を終えて工場に行くと、黒蜜のこうばしい匂いがする。それを嗅ぐと安心して、そのことに、少しかなしいような感じもする。自分は麩菓子屋の娘なんだなと思う。

母が釜の中の黒蜜をじっと見ている。黒蜜の色やツヤを見るだけで濃度がわかるらしいが、万純はまだその域に達していない。

母は万純の顔を見るなり言った。

「コルセット出しといたの、わかった？」

「うん、ありがと」

腰痛予防のため、ズボンの下に母のコルセットを付けている。

「見合いは今週の日曜にしよう。土曜はからだ休めたいでしょ」

「何それいきなり。勝手に決めないでよ。こういう状況なんだから、延期しようよ」

「だめ。延期してるうちに向こうの熱も冷めちゃうかもしれないし、その間に他の人に決まったらどうすんの」

「それはそういう運命なんだよ。疲れてげっそりした顔で会ってもうまくいかないって」

「あんたはげっそりしたくらいでちょうどいいんじゃない？」

万純は返事をしなかった。もういい。どっちにしろ断るつもりなんだし、母の友人の顔を立てるためにも早めに会ったほうがいいだろうと腹をくくる。

八時十分前には張さんを含む四人のパートさんが揃った。全員、中国人女性だ。家族を中国に置いて出稼ぎに来ている人、こちらで結婚して子育てしている人など事情はばらばらで、年齢も二十代から五十代と幅広いが、みんな真面目でよく働く。日本語があまり話せない人もいるが、張さんが通訳してくれるので問題はない。

周さんは左肩と左肘を骨折し、リハビリを含めて回復にはかなり時間がかかるということだった。黒蜜の甘い温気《うんき》に染まったような、赤黒くて温和な彼の顔を思い浮かべる。四十六歳という年齢から考えると、たとえ骨折が治っても、一日中重い物を上げ下げする今の仕事にはもう復帰できないかもしれない。万純の母は、周さんを心配しつつも、代わりに働いてくれる男性がいたら紹介して欲しいとパートさんたちに頼んでいた。

日本全体が少子化で人手不足のなか、ハローワークで求人しても、小さな駄菓子工場で働いてくれる日本人はなかなか来ない。今、働いている人たちは、みんな張さんの紹介である。単調な重労働を担ってくれる男性となれば、さらに難しいだろう。

しかし、万純は深く考えるのをやめる。いや、仕事が始まれば、考えたり悩んだりする余裕はない。

黒蜜の入った熱い釜は回り続け、黒蜜が浸《し》みた大量の麩を乗せたベルトコンベアーは動き続ける。万純は自分も機械の一部になったつもりで、ひたすら麩菓子をつくり続ける。ベルトコンベアーで運ばれながら四十分間乾燥した麩菓子は、パートさんたちによって出来の悪いものがはじかれ、手作業で袋詰めされる。

この一階の工場でつくられる昔ながらの麩菓子は、駄菓子店やコンビニで売られ、最近では『ドン・キホーテ』での売り上げが大きい。そのため、ここ十年くらいの売り上げはそれほど落ちていない。

一方、二階の工場でつくられるチョコ味の麩菓子は、東京スカイツリーのお土産ショップなどにも置かせてもらっている。生産工程はほぼすべて機械化されており、パートさんは生産管理の二人のみ。銀行から借金することを含め、この新事業は万純にとって一世一代の大勝負だった。しかし、今のところ話題先行で、グー太の前ではさも売れているようなふりをしたが、売り上げは思わしくない。

「マスミちゃん、すごいねえ。鉢巻も似合ってるよ！」

工場の戸口に立っている近所のおじいちゃんが声を張り上げる。

「似合いすぎて困ってるよ！」

工場の奥で作業をしている万純は、首に巻いたタオルで汗を拭きながら大声で応える。

「いや、大変だな。社長、がんばれよっ」

万純は返事をするかわりに手を上げる。

工場は、車通りの少ない道路に面してガラス窓が並んでいるから、道行く人がのぞけば中の様子が見える。朝から何人もの近所の人が、万純の姿に気づいて母に事情を尋ね、万純にねぎらいの声をかけていく。そのたびに万純はしゃきっとする。

お昼頃には、建築会社の社長の前川《まえかわ》さんがやって来て「おれの知ってる派遣の兄《あん》ちゃんに声かけて、しばらく手伝わせようか」と母に話していた。

「ありがたいけど、こっちとしては長く勤めてくれる人がいいのよね。でも、うちの給料だと家族持ちとかは厳しいし……実家で暮らしてるフリーターみたいな子、いないかしら」

「そりゃあ、ほら、あの堀田《ほった》金物店とこの息子みたいに、家の商売も手伝わないでふらふらしてんのはいるよ。でもそういう奴はこんなキツい仕事、続かねえよ」

「いつまでもマスミに頼るわけにもいかないし……」

「嫁入り前の娘にかわいそうだよ」

二人の視線がポカリを一気飲みしている万純に注がれる。万純は「私、体力だけは自信あるから」と笑って三階へと向かう。こういうとき弱音を吐かないのが万純の性格である。

前川さんは万純の父が亡くなると、「長男に後を継がせろ」と母に言った。でも、そんなことを言うのは前川さんだけだった。というのも、兄は東大を出て優秀なエンジニアとして働いていたからだ。

誰もが口には出さないが「東大を出てるのに麩菓子工場の社長なんかもったいない」と思っている。両親も兄には遠慮があったようで、東大に入った兄に工場を手伝えと言ったことはなく、兄も手伝ったことはない。

小さい頃の万純は、お兄ちゃんが工場を継ぐのだと素直に思っていた。が、兄が東大に入ったあたりから、長女の自分が『花村製菓』を継ぐという将来がおぼろげにあらわれてきた。とはいえ、真剣に考えるようになったのは父が倒れてからだ。

父と母は、後継ぎは誰々がいいなどと具体的に言うことは一度もなかった。でも、三つ年下の末っ子の万姫は、ジャニーズの追っかけに収入の大半を溶かしているような子だから、万純に期待している感じは何となく伝わってきた。

万純は昼食を済ませると、グー太からＬＩＮＥが届いていることに気づいた。昨日の夜中の時点で、グー太からお詫《わ》びと共に本気で結婚を考えて欲しいという文章がきて、万純は、周さんの事故を伝えつつ、今はそんな余裕はないと話を打ち切ったのだった。

グー太から届いたのはおいしそうなパスタの画像だけで、インスタと間違えてんじゃねーよ、と思い、無視する。

それから二階に下り、真っ暗な工場に灯りを点ける。新しく入れた機械がまったく稼動していないのを重苦しい気持ちで眺める。

新商品発売から半年経ったが、在庫消化を優先させるため、今月から週二回の操業にした。このままでは、借金が返せないどころか、新工場の存続自体が経営を圧迫する。

広告宣伝する財政的余裕がないので、万純は、新商品の知名度を上げるためにできることなら何でもやっている。テレビに出た後は、率先して菓子問屋をまわり、浅草《あさくさ》の土産物屋の店頭に立ち、SNSもばんばんやった。駄菓子屋さんに、昔ながらの麩菓子のオマケとしてチョコ味を配ってもらったり、女子高生向けのイベントにブースを出したりもしている。それでも、売れない。

兄に新商品を見せたときの、冷ややかな態度を思い出す。

「こういうの、よくあるよな。老舗《しにせ》の若旦那なんかが新ブランドを立ち上げて、コンサルの口車に乗っておしゃれなデザインにするんだけど、結局よそと代わり映えしなくてだいたい失敗するんだよ」

家業に対して無関心なのに、こんなときだけすぱっと言いたいことを言う。妹が社長として派手に活動しているのが気にいらないのだと思った。

実を言えば、コンサルタントが薦《すす》めたチョコ味も、デザイナーが考えた新しいパッケージも、幼なじみや問屋の若社長といった万純の近くにいる人たちからは大不評だ。チョコ味など珍しくも何ともない。正直言ってそれほどおいしくない。パッケージも何の商品だかよくわからない。地味で、買いたいと思うような衝動が湧かない。

新商品がヒットする確率は〇・三％というのを何かで読んだ記憶がある。ｉＰｈｏｎｅＸは、一年で販売を終了している。新商品をせめて三年は売り続けて育てたいと万純は思っていたが、この状況だと早めに決断する必要がある。

そしてこの日の午後、それを決定づけるような出来事があった。

問屋から電話があり、売り上げ不振のため、東京スカイツリーのお土産ショップから『花村製菓』の新商品を引き上げることが決まったとのことだった。

★

仕事がうまくいかなくても、見合いの日はやってくる。

母はワンピースをすすめたが、万純は妹のアドバイスに従い、柔らかめシャツ&パンツスタイルで行くことにした。

「お姉ちゃんは、一番似合うのが作業着、二番目がパンツスーツだからさ。トップスだけ、ちょい見合い仕様って感じで行けば?」

アパレルで働く万姫の指摘は、かなり正しい。

その日は朝から暑く、日中の最高気温は三十四度の予想だった。待ち合わせは午後二時で、万純はコルセットの下を汗が流れるのを気にしながら、駅のそばにある東武《とうぶ》ホテルのロビーラウンジへ向かった。どうにも腰が痛く、仕事以外でもコルセットが手放せなくなっていた。

見合い相手は白のポロシャツに薄いベージュのジャケットとパンツで、すでにアイスコーヒーを飲みながら待っていた。細身で手足が長く、目はぱっちりとして鼻筋も通っている。グラスを持つ手の甲にびっしりと生えている黒い毛が遠くからでもはっきりとわかる一方で、頭頂部はかなり薄く地肌が透けている。

「はじめまして、鈴木《すずき》隆志《たかし》です」

万純を見ると、立ち上がって礼儀正しく挨拶した。

「私、仕事中によくそちらの工場の前を通ってたんですよ」

堂々とした態度、さわやかな笑顔。彼に対して、三十半ばのわりに髪の毛が少ない分、内気だったり卑屈《ひくつ》だったりするのではないかという失礼な先入観を持っていたことを、こっそりと恥じた。

区役所に勤める鈴木さんは地域活動推進課に所属しており、自分の仕事をひと言でいうと「地域を元気にする活動を応援すること」なのだそうだ。彼は様々な団体とつきあい、交渉をしているらしく、人当たりがよくて相手から話を引き出すのが上手だった。

万純は尋ねられるがままに自分の仕事を語り、それを理解してくれる男性がいいと口にした。話が乗ってきて、つい、新商品が売れていないことまで漏らしてしまったが、鈴木さんは動じなかった。

「墨田区は、区内の中小企業が新商品や新技術を開発する際に、経費の一部を助成してるんです。確か、お菓子メーカーにも助成してます。そういうのも将来的に活用してみたらどうですか」

とアドバイスまでしてくれた。

二時間ほど話をしてその日は別れたが、鈴木さんは感じがよく、思いのほか楽しかった。万純は、もしおつきあいしたいと言われたらOKしてもいいかな、と思った。

ところが、向こうからあっさりと断られた。社長である万純さんを支える自信がないという、いかにも角が立たない理由であり、納得がいかない万純は仲介役の横山さんを訪ねた。

母と横山さんはかつてのPTA仲間で、母より少し年上の横山さんは、夫と二人暮らしの自宅で茶道を教えている。

横山さんは抹茶を一服点《た》てながら、諭《さと》すように言った。

「マスミちゃんは、お父さんの後を継いでほんとうにがんばってる。今、仕事が大変だというのもお母さんから聞いてる。でもね、男の人からすれば、妻になるかもしれない人が仕事のことばかり考えていて、一緒に生活を楽しもうっていう気持ちがないのは残念だったみたいよ。鈴木さんはお芝居やコンサートに行くのが好きらしいけど、マスミちゃんは興味ないみたいだし」

鈴木さんとは、お互いに酒好きでカラオケ好きということがわかって盛り上がったけれど、お芝居やコンサートの話はしなかった。そういえば、休日に何をしているかという話題になり、万純は問屋の人たちに誘われてゴルフを始めたと言ったのだが、それがまずかったのか。

「つまり、好きな趣味が合わなかったってことですね」

すると、横山さんはこころもち厳しい顔になった。

「……これからのこともあるからはっきり言うけどね。マスミちゃんはプライベートでも社長だから、お断りしたんだって」

万純は聞いた途端、かっとなった。

「社長の仕事って片手間でできるわけないじゃないですか！　従業員の生活も守らなくちゃいけなくて、支払いのこととか考えると、夜も眠れなくなったりするんです。だから、そういう私を理解してくれる人じゃないとだめなんです」

役所から毎月給料をもらい、のほほんと働いている公務員とは違うんです、と喉まで出かかった。

「お見合いのとき、マスミちゃんは自分の話はするけれど、鈴木さんのことはあまり聞かなかったみたいね。自分の仕事を理解して欲しいとは言っても、あなたの仕事を理解したいとは言わなかった」

万純は、すっきりと夏の着物を着こなしている横山さんを見て、ふてくされるように言った。

「それって、女は男を立てろってことですか」

横山さんは一転しておだやかな表情になる。

「じゃあね、鈴木さんが町工場の社長さんでマスミちゃんがＯＬだとするわよ。鈴木さんは、自分の仕事の話ばかりして、マスミちゃんのことはあまり聞いてくれない。しかもマスミちゃんの仕事のことは、どうせOLなんだから大したことはしてないって思い込んでるみたいで、社長の僕はとにかく大変なんだ、僕を理解してくれ、ってアピールしている。家事や子育てを含めて、二人で助け合って生活していこうっていう気持ちが感じられない。そういう男の人って魅力ある？」

万純は、がつんと頭を殴られたような気がした。自分ひとりが仕事で苦労しているのだと思い上がっていた。仕事以外のときでも社長ぶって、相手に対する思いやりや謙虚さがなくなっていた。性別は関係ない。

すっかりしょげてしまった万純を横山さんが励ますように言う。

「今は結婚のことなんか考えられない時期なのよね。私も次からは気をつけます」

横山さんが頭を下げて、万純は、はっとする。母によると、横山さんは教授の資格を持ち、その筋では偉い先生らしいのだが、万純や母の前ではそういうことを感じさせない、ほがらかで親しみやすい女性である。

「みんなマスミちゃんを応援してるし、マスミちゃんもその期待に応えなきゃって必死なのよね。でも、まだ若いんだし、ひとりで抱え込まないで、まわりの人にどんどん相談したらどうかしら。そうして、週に一日くらいは社長であることを忘れて、普通の女の子に戻ったほうがいいと思うんだけど」

　帰り際、横山さんは、夫が家庭菜園でつくっているというキュウリやナス、さやいんげんやししとうなどをたくさん持たせてくれて、「お母さんがあんまり婚活に熱くならないように、私からそれとなく話しておくから」と言い、万純を笑顔で見送ってくれた。

　万純は、七時を過ぎてようやく深い藍色に染まってきた夜の道をしおしおと歩く。相変わらず腰は痛いし、ずっと眠りが浅いので疲れが取れない。ちょっと泣きそうになる。

　社長としてもダメ。女としてもダメ。人間としてもダメ。

　どれかひとつでも良かったら救いがあるのに。

　万純は、「私がお父さんの後を継ぐ」と母に告げたときのことを思い出す。華やかだけど少しきつい顔立ちの母が目を細めてふっくらと微笑んだから、心から喜んでいるのがわかった。

　兄のように優等生ではなく、妹のように美形でもなく、そこそこの学校を出てそこそこの会社に勤めている自分の、最大の親孝行だと思った。万が一結婚できなくてもこれで許されるだろう、という考えも頭をよぎった。

　そして次第に、万純のなかで「私は社長なんだから、女として多少欠点があってもしょうがないでしょ」という開き直りが生まれた。ひとりの女としての自分に自信がないからこそ、仕事ではない場所でも、社長という立場を手放そうとしなかったのだ。肝心の社長業はちっともうまくいっていないのに。

社長になんかならなければよかった。

スマホが震えて、見るとグー太からLINEが来た。この前会って以来、グー太は文章の代わりに食事の写真だけを送ってくる。グルメ自慢かと思ったが、おにぎり&味噌汁やうどんのときもあるから、オレは毎日元気でやってるよ的なメッセージなのだろう。

万純はイラッとして電話マークを押してしまう。

「こっちは忙しいんだから、つまんない写真送ってくんな！」

「そりゃご馳走じゃなくて地味だけどさー、ぜんぶオレの手料理なの。オレと結婚したら、こういう料理がするする〜って出てくるアピール」

「お前は婚活女子か！　サッカー選手だろが！」

「サッカー選手だけど、家事もちゃんとできるアピール。四十、五十でサッカーはできないかもしれないけど、ジーコさんを助けられるアピール」

万純の目から、はらりとひとしずく、落ちる。

こっちは自分のことしか考えていないのに、この男は、軽々と、相手のことを考え、助け合っていこうと言う。

「……グー太。私、全部ダメだから……社長やめる！」

涙声で叫んだ。

「ええっ？　どうしたの？　何かあったの？」

「もういやだ！　やめたい！　自信ない！　私は社長の器じゃない！　失敗の責任取ってやめるのが会社のためになる！」

一旦吐き出したら楽になり、止まらなくなった。

「わかった、わかったから。えーと、えーと……飲もう！　こういうときはパーッと飲もう！　オレ、つきあうから、いつがいい？」

「今から」

「……わかった」


万純はグー太を連れて、父の行きつけだった亀戸《かめいど》のスナックに行った。万純が大学時代から大酒飲みだったので、父がたまに連れて行ってくれたのだった。七十代のベテランママとバイトの若い女性がいるカウンターだけの小さな店で、ママさんは信頼できる人だし、仕事関係や近所の知り合いとばったり会うこともない。

明日が休みだから、今晩飲みたかった。客も万純たちだけだった。普段はセーブして飲んでいるが、今日は芋焼酎のボトルを入れ、濃い水割りにしてどんどん飲んだ。グー太はジンジャーエールを飲んでいる。

「私がつくった新商品、ぜんっぜん売れないから生産中止に決めたの。でも新しい工場を動かさないと借金が返せない。かといって次の新商品は決まってない。急いでつくっても、また売れなかったらそれこそ会社つぶれるし！　あーどうしたらいいかわかんない！」

溜まっていたもやもやを吐き出す。でも、内情を全部ぶちまけているわけではない。

東京スカイツリーのお土産ショップから撤退が決まった後、こちらの苦しい内実を見透かしたように大手の駄菓子会社から連絡があった。『花村製菓』の新工場で、その会社が企画する製品をつくらないかという話だった。表向きは業務提携だが、実際は大手の下請けになるということである。資金繰りのことを考えればこの話に乗るのが安全策だが、これまで独立独歩でやってきた『花村製菓』の経営方針を百八十度変えることになる。

万純は、提携したくない。そのためには、何としてでも売り上げを伸ばさなくてはならない。何かいいアイディアはないか？

「外国人は抹茶好きって、こないだテレビに出てたわよ」

ママさんが言い、バイトの女性も水割りをつくりながら話に乗ってくる。

「インスタ映え狙って、カラフルな綿菓子みたいに、七色の麩菓子とかどうですか？」

「そうだねえ……」

どちらも、昨年、コンサルタントから提案された案だった。

「……新しい味じゃなきゃだめなのかな」

グー太がつぶやく。

「どういうこと？」

「オレは昔ながらの黒蜜のやつが好きだからさ、あれを個包装にしたらいいのにって思うんだけど。それに、小さいと、端っこの焦げたところがいっぱい味わえるわけだし」

万純のお酒を飲む手が止まる。そこへ、ごましお頭の男性が入ってきた。Ｔシャツにハーフパンツ姿でいかにも近所の常連らしく、ママさんと親しげに挨拶している。

万純は、ひとりで考え続けた。昔ながらの麩菓子のミニサイズなら、味は保証付きだし、まっさらの新商品を開発するよりはるかに早く生産を開始できる。しかし、それによって今までの大きなサイズが売れなくなる可能性がある。とはいえ、小さくて持ち運びができて食べやすくなることによって、昔ながらの麩菓子を食べたことがない人、敬遠していた人への新しいアプローチになるのではないか。

気がつくと、グー太とその隣に座った男性が互いにシャツの袖をめくりあげ、腕の太さを比べあっている。六十三歳だという男性は、印刷会社を定年退職した後、毎日スポーツジムに通って体を鍛えているという。

　悠々自適でかつ健康的な生活のはずなのに、その男性の肌にはつやがなく、ママさんたちと話していてもふいに、心ここにあらずという表情になることがあった。ウイスキーをロックで飲んでいるので「お酒、強いんですね」と声をかけた。

「いやあ、あなたこそ。このお兄さんが飲めないのに、今日入れたボトル、もうこんなに飲んじゃって」

「酒が強いのは父親譲りなんですよ。その父がおととしに亡くなって、父が残した会社がうまくいってなくて、くだ巻いてたらこんなに飲んでしまいました～」

「あなたのお父さんならまだ若いでしょうに」

「直腸ガンでした。ずっと痛かったらしいんですが、まさかガンだとは思ってなかったみたいで、病院に行ったときにはもう……」

「ああ……死んだ家内とおんなじだ。うちのは胃ガンで、亡くなったのは半年前だけど」

　それから、その亀岡《かめおか》さんという男性の身の上話になった。

　その話の最後に「ひとり暮らしの寂しさから、良くないとわかっていても昼間から酒を飲んでしまうんです」と打ち明けてくれた彼に、万純はふと思いついて言った。

「昼間のお酒をやめられるいい方法があるんですけど」

そうして話しているうちに、亀岡さんは来週月曜から『花村製菓』で働いてみることになった。


十一時過ぎに万純とグー太は店を出て駅に向かった。

「あー、楽しかった。スナックって面白いね」

グー太は、今日がスナック初体験だった。

「前半は、私がグズ子だったけど」

「珍しいよね。でも、たまにはいいんじゃない？」

万純は、あまり愚痴は言わないほうだけど、食品会社で働いていたときも悩みや不平不満はあったはずだ。そのときは誰に話していたのだろうか。仲のいい同僚、先輩、上司、会社とは関係ない友達……。

でも社長になった今は、そういった同僚や先輩や上司が存在しない。それに一番近い立場の母とは、今、冷戦状態である。

というのも、見合い相手の鈴木さんに断られると、母は平然と「じゃあ次の人、見つけてくるから」と言ったのだ。

「だってマスミ、仕事も大事だけど、それだけが人生じゃないんだよ。気がついたら四十になってて、ひとりぼっちっていうのはまずいでしょ」

「それでもいいじゃない！　お母さんは、私のためじゃなくて、世間体や自分の安心のために私を結婚させたいんでしょ」

母はそれを聞いてへそを曲げてしまったのだった。

万純の横では、グー太が野菜の入った紙袋を持ち、ちいさく鼻歌を歌いながらぶらぶらと歩いている。こうして夜道を二人きりで歩いていてもまったく甘いムードにはならない。でも、そういうグー太だからこそ、気を遣わず弱音を吐けたのではないか。グー太の前では、社長だとか女だとかそういうことを意識せず、昔と変わらない「ジーコさん」でいられる。そんな関係を、無理やり男女の関係にもっていく必要はないのではないか。

「私はさあ、グー太とはこれまで通りつきあいたいから、別に結婚しなくてもいいんじゃないかって思うんだよね」

グー太の鼻歌が止まった。

「考えてみれば、私は日本を離れる気がないんだから、一緒に暮らせないわけだし」

「いや、一緒に暮らすっていうのは今は考えてないから。いつも一緒にいたいとか、オレについて来てほしいってことじゃなくて」

グー太は少しためらってから、話し出す。

「今年で二十八だし、次のシーズンがかなり重要になると思う。プレッシャーもあるし、こう、心の支えみたいなものが欲しくて。落ち込んだときとか、ああ、話がしたいなあって思うのはジーコさんなんだよね……オレ、日本に戻る前に、ジーコさんが出てるテレビ番組をユーチューブで見ちゃってるんだけど、花婿募集中って文字が目に飛び込んできたんだよね。そのとき、もしオレが知らない間に結婚が決まったりしたら、すげえショックでくやしいってはっきりわかった。それで、ジーコさんを早く誰にも取られないようにしなきゃと思って」

それを聞いて万純は、もしグー太が突然他の女性と結婚したらどうなんだろう、と想像してみる。くやしいというより、さびしい。さびしいということは、好きということなのかもしれない。

「じゃあグー太にとって、結婚とは、あなたに一生グズグズ言いたいです、ってことなんだね！」

好き、を認めるのがてれくさい気持ちが、こんな言葉になった。

「ジーコさんのグズグズも一生聞きます、ってことだから！」

グー太も負けじと言い返す。

万純は、あなたを一生守ります、と言われるよりも、カッコ良くはないけれどもっとあたたかいもので包まれたような気がした。

「それならいっか。私たちは私たちらしく、助け合っていけばいいんだよね」

「てことはＯＫ？」

万純がうなずくと、グー太がやったーと大声で叫ぶ。

通りを歩いていた酔っぱらいが、びっくりしてこちらを見た。

★

それから三ヶ月が経ち、亀岡さんは麩の入った金網籠の扱い方がずいぶんうまくなった。一番暑い季節に働き始め、しかも年が年だから続かなくても仕方がないと思っていたのに、毎日、楽しそうに工場へやって来る。

「体を動かすだけでお金までもらえるんだからありがたいよね。やっぱり、仕事をした後のビールが一番うまい！」

昼休みにはパートの女性たちとも話をするようになり、中国語の勉強も始めたという。

翌日の仕事に響くから、深酒をすることもなくなったのは良かったが、万純からすると、たまに二人で飲むとものすごい量を飲んでしまうのが困ったことではある。

新工場では、昔ながらの麩菓子のミニサイズを個包装し、それを詰めた袋菓子を製造している。パッケージは、母の提案でこれまでのデザインやロゴをそのまま使っており、あの『花村製菓』の麩菓子が小さくなったのだということが、すぐにわかるようになっている。

万純が母に、大手の駄菓子会社から提携を打診されていることを話したとき、母が言った。

「お父さんが倒れてすぐの頃だったかな。見たことのない人がこの辺をうろうろしてるなって思ってたのよ。そしたらしばらくして、不動産会社からここの土地を売りませんかって電話があって。たぶん誰かが、あそこの工場はそろそろ畳むだろうって噂を流したんだね。あたしは、女一人で会社を続けられるわけがないって見くびられたような気がしてね。それで、絶対、負けるもんか、会社をつぶしてなるものかってがんばった」

あのときの母は、毎日入院中の父を見舞いながら、品質の管理、機械の整備、取引先との交渉、工場での毎日の作業など、父親がやっていたすべてを一気にひとりで引き受け、ちょっとでも気をゆるめたら倒れてしまうと言わんばかりに、殺気だっていた。万純はそういう母を心配し、『花村製菓』の将来を考えた結果、食品会社を辞めて工場を手伝う決心をしたのだった。

「あたしは福井の出だから、ここの麩菓子を食べたこともなかった。お父さんと結婚したからこの仕事を手伝うことになっただけなんだけど、それでも、おじいさんやお父さんが守ってきた会社を、あたしのせいでなくすわけにはいかないと思ったのよね」

万純が会社を辞めるとき、同期のひとりが「家の商売がある人はいいよね。食いっぱぐれがないし、リストラもないし、そこそこ安泰じゃん」と言った。万純もそのときは、社内の煩《わずら》わしい人間関係や出世競争みたいなものから自分は逃げたのかもしれない、と思ったりもした。

でも、サラリーマンだろうが自営業だろうが、どんな仕事だって、本気になればなるほどつらく大変なのだ。「やりがいのある仕事は楽しい」なんて単純すぎる。万純にとって仕事とは、一%の喜びのために九十九%努力をすることだ。

「お母さん、また借金が増えるかもしれないけど、私は提携話を断ろうと思う」

母は無言でうなずいた。

万純が守りたいのは、もしかしたら会社そのものではなく、ひいおじいちゃん、おじいちゃん、お父さん、お母さんの「思い」なのかもしれない。

それから万純と母は、昔ながらの麩菓子を個包装する案について話し合った。また、経営コンサルタントとの契約の見直し、商品パッケージのコスト削減、区への助成金の申請など、赤字解消のためにできることを検討した。

これまでの万純は、母よりも経営コンサルタントの言うことを尊重し、「変化すること」や「新しいこと」を重視してきた。しかし、それがうまくいかなかったことを認め、方向転換したいと母に言った。

母は「それみたことか」と万純をやり込めるだろうと思っていたのに、意外なほど冷静だった。

「変わることが大切なときもあれば、変わらないことが大切なときもある。それは、やってみないとわからないもんだから」

万純こそ、母のことを、駄菓子屋のおばさんだとあなどっていたのかもしれない。

そしてまた、兄の万太郎も万純に意外な面を見せた。

兄が実家に来たとき、万純をわざわざ呼びつけて言ったのだ。

「一回くらい失敗したからって、新しい商品をつくること、あきらめんじゃないぞ」

めったに励ましたりしない兄だから、万純は警戒した。

「……この前のチョコ味、さんざんけなしたくせに」

「あれはひどすぎた。でも、設備投資して、新商品を製造できる体制が整ったことは、若いマスミだからできたことだと思う。親父が社長を続けてたら、そこまで思い切ったことは難しかっただろう」

もし今も父が生きてたら七十歳だ。現実問題として、父が融資を受けるのは難しい。銀行から借金できたのも、若い後継ぎが社長になったからである。

「もちろん、いろいろ試してみたいよ。でも資金的に余裕がないし、失敗すればそれだけ会社が傾くわけだし」

「金のことは気にすんな。いざとなったらおれが資金援助する。そのくらいの金はある」

「うっそー」

「失礼な奴だな」

万純は、兄にお金があることに驚いたのではなく、自分から金を貸すと言ったことに驚いたのだった。家業に興味がなく、面倒見がいいわけでもない兄の突然の申し出に、万純は何か意図があるのではないかと思い、兄の顔をじっと見てしまった。

「別に、金を出すかわりに口も出したいわけじゃない。安心しろ。おれは仕事が忙しいし、そんなヒマはない」

「お兄ちゃん、ほんとに援助してくれるの？」

「おれはマスミに感謝してんだよ」

「え？」

「会社継いでくれたこと」

兄が、少し目をふせて話し始める。

「いちおう長男だからさ、小さい頃から後継ぎのことは気になってたよ。でも向いてないから、東大に受かって、これでもう言われないだろうってほっとした……親父が死んだとき、母さんから『あなたに継げとは言わないから安心しなさい』って言われて、おれが悩んで怖がってたのを見抜かれてたんだと思った」

「怖がってた？」

兄が情けなさそうに笑う。

「おれ、近所のおばちゃんたちから、頭がいいことしかほめられたことないからね。マスミみたいに知らない人とすぐに仲良くなったり、気に入らない奴ともちゃんとつきあったりできないから、そういう面では劣等感のかたまりだった。商売するのがいやで怖かったんだ。だから、マスミが継いだのは適材適所だよ」

兄に劣等感があるなんて、万純は初めて聞いた。

そして、結婚から逃れられることを期待して万純が社長になったように、兄も後継ぎから逃れられることを期待して東大にはいった面があることを知って、親近感のようなものも感じるのだった。

「でも、マスミは甘いものが苦手なんだから、そういう奴が甘いお菓子をつくろうったってうまくいかないよ。酒好きなんだから、酒に合う麩菓子、考えろよ」

「さすが、あたまいいね！」

「それくらいすぐに思いつけよ」

「昔ながらの麩菓子のミニサイズもね、評判はいいんだけど、先行商品があるからなかなか難しくて」

「パイの奪い合いしてても先行き暗いからな。今の駄菓子は、大人が懐かしがって買ってることが多いだろ。これから先のことを考えると、子供にもっと買ってもらわないといけないよな」

「子供心をつかむ、なんかいい方法がないかなあ……」

そんなことを話していた半年後に、事件が起こる。

グー太がサッカー日本代表に選ばれたのだ。

今シーズン、スロベニア一部リーグのNKルダル・ヴェレニエから、スロバキア一部リーグのFC DAC 1904ドゥナイスカー・ストレダに移籍したグー太は、MFとして七得点を挙げ、優勝争いをしているチームに大きく貢献していた。

その活躍が認められ、年代別代表の経験もないグー太が日本代表に選出された。それは、二〇一七年の加藤恒平《かとうこうへい》選手に次ぐ「無名の新人の抜擢《ばってき》」と言われたのだった。

高校生のときからグー太は、日本代表を目指すと万純に語っていた。そしてプロになってからも、移籍先すら決まらないときでさえ、同じことを言い続けていた。万純はそのことだけはバカにしなかった。本気で応援していた。でも、それがまさか現実になるとは思いもよらなかった。

グー太は、韓国との親善試合のために日本へ帰国し、その日本代表一戦目でいきなり初ゴールを決めた。若林翔太の名前は日本全国に一気に広まった。

そして移動中の若林翔太が、全身黄色い服を着て、大きな黒蜜の麩菓子を片手に持ってぱくついているところを突撃取材された。

そのとき、彼は麩菓子について聞かれると、たまたま昨晩観た映画に引っ掛けて（本人としては口から出まかせに）、

「パワーチャージ　バンブルビー！」

と叫んだ。それがなぜか、子供たちに受けた。

その後、サッカー少年たちの間で、サッカーの練習をする前に「パワーチャージ　バンブルビー！」という言葉と共に、『花村製菓』の大きな麩菓子を食べるのが流行《はや》り出した。

また、若林翔太のフィアンセが、美人モデルなどではなくその麩菓子をつくっている町工場の女社長だということ、二人をむすびつけたのが地元のサッカーチームと昔ながらの麩菓子だったという逸話も、話題となった。

そうして、『花村製菓』の麩菓子は大ヒット商品になり、二十一世紀の子供たちにも買ってもらえるようになった。彼らが大人になったとき、昔流行った言葉やそのときにあった出来事を思い出しながら、また麩菓子を買ってくれるかもしれないことを想像すると、万純は年を取るのも悪くはないと思うのだった。

グー太の親善試合が終わり、欧州リーグが休みに入った夏に、二人はごく内輪の結婚式を挙げた。

万純の母は、結婚式の最後の挨拶で次のように語った。

「マスミは、以前、お母さんが私を結婚させたがっているのは、お母さん自身の安心のためだと言いました。私は一瞬、その通りかもしれないと思いました。でも、決して、それだけではないのです」

万純の母は、グー太の両親を見て、それからグー太を見た。

「私は、夫と結婚してよかったと思ってます。もちろん、喧嘩して、こんちくしょう！と思ったことも多かったのですが、夫といるとても楽しかったのです」

留袖《とめそで》姿の母が、艶《つや》やかな、あふれんばかりの笑顔を見せる。

「結婚は善《よ》いものです。私はその幸福を知っていて、それを娘のマスミにも味わってもらいたかったのです」

そして万純を見て、続ける。

「社長というのは孤独だと、亡き夫が言ってました。そしておそらく、スポーツ選手も孤独なのではないかと思います。最後に頼れるのは自分だけかもしれません。でも、孤独を知っている人ほど、相手を深く思いやれるのではないかと思います。

翔太さん。マスミ。これからも仲良く、助け合ってください。

みなさま、これからもこの二人をよろしくお願いいたします」

万純とグー太は互いに目でうなずき、列席者に深々と頭を下げたのだった。

わが社のマニュアル

初出社した日の朝礼で、ひと言挨拶するように言われた。

ワゴンセールで買ったネクタイの結び目をきゅっと締め直し、四十人くらいの社員の前に立つ。

どうすれば正確に伝わるのかわからないまま、とりあえず、ゆっくりとしゃべることにした。

「わーたーしーは、おーりーかーなーい、つーばーさと、もーしーます。なーがーい、みょーじでーすーのーで、オーちゃん、とよーんーでーも、かーまーいーまーせーん」

目の前には、白いキャップとめいめいの作業着を身につけた製造ライン担当の社員が、てんでばらばらに立っている。こちらを興味深そうに眺めている人もいれば、あさっての方向を見ている人もいる。その後ろのほうには、スーツ姿の営業マンやエプロンをつけた事務の女性がいるのだが、緊張と近眼のせいで彼らの表情まではわからない。自分のすぐ横に立っている白木《しらき》社長がどんな顔をして聞いているのかも、もちろんわからない。

七年前の二十二歳、文具メーカーの入社式で挨拶したときは、金持ちの叔母が入社祝いに買ってくれたエルメスのネクタイを締め、今よりも元気いっぱいで、リラックスさえしていたような気がする。

「私の名字は、居ケ内《おりかない》といいます！　漢字で書くと、居酒屋の居、カタカナのケ、想定内の内です。でも、『いけない』ではなくて『おりかない』と呼びます。あっ、カタカナは漢字じゃないですね。とにかく、真ん中にカタカナで、一ヶ月と書くときの小さなケじゃなくて、大きなケが入ります。北海道や青森に多く、九十人くらいいるらしいです。名前は翼《つばさ》です。どうぞよろしくお願いします！」

この珍しい名字のおかげで、どこへ行っても、特別なことをしなくても、すぐに自分のことを覚えてもらえた。あの会社では、上司も後輩も「オーちゃん」と呼んでくれて、今思えば居心地のいい職場だった。

でも、この会社はどうなんだろう。少なくとも、前列にいる男性三人は、居ケ内の名字を聞いても眉ひとつ動かさない。

翼は落ち着かなくなって目が泳ぐ。すると、一番右端にぽつんと立っているグレーの作業着を着た六十代の男性が、大丈夫、大丈夫と励ますように微笑んでいるのが目に留まった。それで、すうっと平常心に戻ることができた。

この男性には、三十分ほど前、玄関に入ってすぐの廊下で会っている。そのときは、ザ・ノース・フェイスの黒いパーカーに黒いズボンという格好だった。白髪交じりの角刈りで、色の白い、ずんぐりとした体つき。

「おはようございます！」

翼を見ると、まるでずっと前から知っている人みたいに、親しげに挨拶してくださった。

「お、おはようございます」

面接のときに会っているのかもしれないが、全然覚えていない。恐縮して挨拶を返す。でも相手は、こちらが名乗るのを待っているかのようにじっと顔を見たままだ。ああ、初対面だったのかと、あわてて自己紹介する。

「中途採用で、今日から営業部で働かせていただくことになった、居ケ内翼といいます。よろしくお願いします！」

頭を下げると、その男性は笑顔で二度うなずき、奥のほうへ行ってしまわれた。

たったそれだけのことだったが、新入社員の翼にとっては何よりの励ましだった。この会社でうまくやっていけるのではないかという、予感らしきものまで持った。外国に行ってすぐに、そこの土地の人から笑顔で挨拶されてうれしくなった、あの感じに似ている。

翼は、予定していた自己PRを実行することにした。この会社の最終面接のときにもやったことである。

「とーくーぎーは、ヒップ、ホップ、ダンスでーす。おどってみまーす」

頭の中で曲を流しながら、ランニングマン、ブルックリン、バタフライなどのステップを踏み、ヒップホップダンスじゃないけれど踊れば必ず受けるムーンウォークを披露して、ラストポーズを決めた。

なのに、どよめきひとつ起きなかった。終わってもしーんとしている。なかには怯えたような顔つきでこちらを見ている人もいた。

ドン引きされてる……大失敗。

と思ったら、白いキャップの下から天然パーマの黒髪があちこちにはみ出ている、ひょろっとした体つきの若い男性が翼に駆け寄り、ものすごい勢いで拍手してくれた。それをきっかけにして拍手が湧き、なんとか格好がついた。

朝礼が終わると、工場棟から業務部門のある建物へ移動する。白木社長に「いやあ、良かったよ」と声をかけられた。ヒップホップダンスというものをよくわかってなさそうな六十代の社長でも、元プロダンサーの体のキレの良さはわかるのだろう。

「最近島本《しまもと》さんが元気なくて心配してたんだけど……あ、島本さんっていうのは一番最初に拍手した男性のことね。昨日まで、こっちから声をかけても返事は遅いし、ぼーっとしてることが多かったんだよ。彼は歌ったり体を動かすことが好きだから、たぶん居ケ内さんの踊りを見て、何だか楽しくなっちゃったんだろうなあ」

「はあ……」

肩すかしを食らったような気分になる。

そこへ、三十代後半くらいの背の高い女性がやってきた。

「社長、お客様がいらっしゃいました」

「そうですか。じゃあ居ケ内さん、わからないことがあったら、私にでもこちらの原口《はらぐち》さんにでも、何でも聞いてね」

「わかりました」

社長がいなくなると、原口さんが開口一番、言った。

「ダンスうまいのね！」

「……ええ、まあ」

スタイルがよくて清楚な顔立ちの原口さんにほめられ、翼はつい、短い髪をかきあげるようにして気取って答えた。

「小さい頃からやってたの？」

「いえ、始めたのは高校からなんですけど……一時期は、東方神起《とうほうしんき》のバックで踊ってたこともあって」

とさりげなく付け加える。ここが合コンの場だったら「キャー！　東方神起！」と歓声が上がるところだ。

「あれ？　すっごくのんびりな人かと思ったら、さくさくしゃべるんだ」

「え？　……ああ、普通にしゃべれます」

翼はいろんな意味でがっくりする。ゆっくりしゃべったのは、知的障碍《しょうがい》のある人たちへの自分なりの配慮だったのだ。

「居ケ内さん、前は文具メーカーに勤めてたのよね」

そこまで知っているということは、原口さんは総務部の人か、それとも同じ営業部の人か。

「はい、三年間勤めてました」

翼が今日から入社したこの『ニッパク工業株式会社』は、東京都大田《おおた》区にある文房具・事務用品を製造販売する会社で、主力商品はチョークである。大田区民である翼は、区内にあるハローワークで前の会社と同じ業種であるここの求人を見つけ、応募したのだった。

「サラリーマンがいやだったわけではないんですが、ダンスの道があきらめられなくて退職したんです。二十五歳で、やり直すなら今がぎりぎりかなって。それから、バックダンサーしたりダンス教室で子供を教えたりしてたんですが、腰を痛めてしまって……あ、原口さんはどこの部署なんですか？」

翼はさらりと話の方向を変える。

「総務部。と言っても、私ひとりなんだけどね。あっ、そうだ、今日は子供が急に熱を出してしまって、居ケ内さんの初日なのに遅刻してすみませんでした」

それでようやく、今朝からずっと白木社長自らが新入社員の翼に付いてくださっていたのは、そういう理由だったのかと納得する。でも白木社長は、原口さんの事情をことさら言うこともなく、きさくに対応してくださったのだった。

「その前は営業部だったんだけど、居ケ内さんが入る代わりに私は総務部に異動になったの。といっても、総務も営業も同じ部屋だから、机が二メートル動いただけなんだけど」

総務なら、こちらの入社志望動機も知っているのだろう。翼は原口さんの表情をうかがうが、特に何も読み取れない。

「今日はこれから、私が社内を案内することになってます。工場は見学したことある？」

「いえ、まだです」

「今日は午前も午後も団体さんの予約が入っているから、今のうちに見ておきましょ」

この会社は、多摩川《たまがわ》沿いに建っている二階建ての社屋が本社兼工場となっている。朝礼を行った場所も、ホールなどではなく、毎朝ラジオ体操をすることになっている工場内の広いエリアだった。

原口さんと共にまた工場棟のほうへ戻ると、チョークを製造する二十人ほどの社員がすでに持ち場についており、作業が始まっていた。テニスコート二面くらいの掃除が行き届いた空間に、機械や作業台がすっきりと配置されていて、それらの前に社員が一人ずつ立ち、黙々と手を動かしている。一番奥にある乾燥機以外は大きな機械がなく、社員が移動する動線としての空間が広く確保されていることもあって、圧迫感や窮屈な感じがなく、作業場全体が一目で見渡せるようになっている。

チョークを製造する工程は、まず、原料である炭酸カルシウムにホタテ貝の微粉末（これを配合することによって、書き味が良くなり、エコロジーにも寄与する）と結合剤を混ぜ、ミキサーで練る。それをチョークの太さの棒状に成形し、ある程度の長さに裁断した後、乾燥機に入れる。そして乾燥したものをチョークの長さに切断し、検品した後に箱詰めする。以上の工程の多くが、知的障碍のある社員の手作業で行われている。

翼はこの会社に応募する時点で、社員の七割が知的障碍者ということは知っていた。けれど、正社員の仕事を得ることが最優先だったから、そのことはほとんど気にしなかったというのが正直なところだ。これまでに知的障碍者と関わったことはないが、求人している営業部では健常者のほうが多いはずだから、何とかなるだろうと軽く考えていた。

原口さんは作業場内を移動しながら、社員がいかに優れた技術を持っているかを翼に教えてくれる。

原料を手でまるめて機械に投入している光石《みついし》さんは、一見、ただ無造作に入れているように見えるけれど、原料に触った感触でその硬さを確かめ、最適な硬さになるように微調整しているのだという。また、翼が踊ったときに真っ先に拍手してくれた島本さんは、乾燥する前の軟《やわ》らかい粘土状の長いチョークを作業板に並べるという、実はとても難しい作業をしているのだそうだ。彼はわき目もふらず慎重に手早く並べ、両端にできる余分な部分を専用のフォークでテンポよく切り取っていた。

全員が、誰かに指示されることもなく、自らの判断でなめらかに動いていた。ベルトコンベアーなどの機械の動く音もそれほど大きくなく、私語を発する人もいないので、工場とは思えないほど静かだ。

そして、床全体が明るい麦わら色のせいなのか、それとも働いている社員たちが醸し出す雰囲気のせいなのかはわからないが、工場全体におだやかなぬくもりのある空気が流れている。

検品作業のところに、あのグレーの作業着を着た六十代の男性がいらっしゃって、翼を見るなり笑ってくださったので頭を下げた。

「有馬《ありま》さんと知り合い？」

原口さんが尋ねる。

「いえ、今朝初めて会ったんですけど」

「有馬さんってもう三十年以上働いてるベテランなんだけど、いつもにこにこしてて、みんなから慕《した》われているの」

「ああ、わかるような気がします」

そして全体を見渡してから、原口さんに小声で尋ねた。

「ここにいる方で、いわゆる健常者ってどなたなんでしょうか」

「えーと……乾燥機の前にいる青い服を着た人よ」

「それだけ！」

「そうよ」

翼は思わず有馬さんを見てしまう。彼のことを、知的障碍のある社員をやさしく指導する管理担当者だと思っていたのだが。

「全然わかんなかったです……」

「そうかもね。だってここで働いている人はチョーク作りのプロで、人並み以上の集中力や持続力を持っている人が多いのよ。それに、知的障碍者といっても、みんな、食事や排《はい》泄《せつ》などの身の回りのことはひとりでできて、ある程度の意思疎通もできる。家庭や学校で社会人としてのマナーも身につけてきている。有馬さんは、言いたいことがすらすらと出てこないんだけど、別にセールスマンやってるわけじゃないんだし、そのかわり、規格外のチョークを短時間で正確に分別することができる。有馬さんの隣にいるイケメンの彼はね、ほんの小さな傷も見逃さないの。私も手伝ったことがあるんだけど、大雑把《おおざっぱ》で根気がないからどんなにがんばってもかなわない。仕事に向き合う姿勢がすごいのよ」

翼は、その手放しのほめように、ほんの少しだけしらけるものを感じる。

「こんな単純作業ばっかやってて楽しいのかな」

つい口にしてしまい、あ、しまった、と思う。原口さんは怒って、あなたは障碍者を蔑《さげす》んでいる！　と説教を始めるのではないか。

原口さんは、私もそう思ったことある、と苦笑いした。

「それでね、一度、有馬さんに質問したの。そしたら、いつもの笑顔が消えて、きりっとした顔で『楽しい、違う。一生懸命』って言われたの。製造ラインの社員はみんな、お客様に満足してもらう商品を作るため、会社の信用を落とさないために、毎日、毎日、真剣に取り組んでる。どんな仕事だって、高みを目指したり、レベルを維持しようとすれば楽しいだけじゃすまない。何だか、くだらないこと聞いちゃったなって」

翼は黙ってうなずく。だんだん、健常者か知的障碍者かどうかということの境目が見えなくなってくる。

工場を見学した後は、他の部署や配送所、食堂を回り、一番最後に営業部へ行った。

三人の営業マンは全員外出しており、営業事務と呼ばれる内勤の女性が一人いるだけだった。四十代くらいの化粧っけのない女性で、パソコン作業をしている。

原口さんが声をかけた。

「伊藤《いとう》さん、こちらが朝礼で紹介された居ケ内さんです。一緒に営業事務をやってもらうことになっていますので、ご指導してくださいね」

「居ケ内翼です。事務仕事は慣れてないんですが、早く覚えるようにしますので、よろしくお願いいたします」

伊藤さんは手を止め、こちらを向いてきちんと頭を下げると、すぐにパソコン作業に戻ってしまった。翼と目をあわせることもなく、ひと言も話さず、何だか怒っているような顔つきだった。朝礼でいきなりヒップホップダンスを踊ったせいで、不真面目なうさんくさい男と思われたのかもしれない。

原口さんはそんな伊藤さんの態度に頓着《とんじゃく》せず、「じゃあ、私は工場見学の案内があるので、後はよろしくお願いします」と言って、出て行ってしまった。

二人きりの部屋に、伊藤さんが超高速でパソコンのキーを打つ音だけが響く。今やっている仕事が一段落すれば仕事の説明をしてくれるのだろうと思い、隣の席でじっと座って待つ。しかし、十分以上たっても声ひとつかけてもらえない。

「あのー、私は今日、何をしたらよろしいでしょうか」

と言うと、伊藤さんがびっくりした顔で翼を見る。まるで翼の存在をすっかり忘れていたかのようだ。

「何をしたらいいか、指示をもらえますか」

「あの、ええっと……」

パソコンに向かっていたときは、不遜《ふそん》と言っていいほど堂々とした態度だったのに、翼が話しかけた途端、おどおどした感じになり、あわてて机の引き出しからクリアファイルを出した。

「仕事をリストアップしました。読んでください」

びっしりと文字だらけのＡ４の紙が……約三十枚。その量にげんなりするが、とりあえず読み進める。

仕事の内容としては、請求書などの書類の作成や受注管理だけでなく、来客対応や、外回り担当と一緒に販促用のポップ作りなどもすることになっており、デスクワークだけではないことに胸を撫でおろす。また、一日や一年間の仕事の流れが表になっているので、チョークの製造は年明けが繁忙期だということも初めて知ったりして、新人にはとても親切でわかりやすい。その反面、書類のファイルの仕方やゴミの出し方まで逐一《ちくいち》詳しく書かれていて、伊藤さんは異様に細かい人に違いないと察する。違うやり方をしただけで、ガミガミと叱るんじゃないだろうか。

翼は、そうっと伊藤さんの様子をうかがう。

相変わらず機嫌の悪そうな顔でパソコンに向かっているが、よく見ると、膝の上に、ソフトボールくらいの大きさの、全体がうっすらと汚れているクリーム色のブタのぬいぐるみを載せていて、キーを打つ手が止まるたびにそれを撫でていた。ちょっと、いや、かなり驚いたものの、五十五歳の翼の母も嬉々《きき》としてテディベアをコレクションしていることを思い出して、女性はいくつになってもこういうものをそばに置いておきたいのかもしれない、と考え直す。この怖そうなおばさんの意外な一面を発見したようで、愉快な気持ちになる。

伊藤さん、と呼びかけ、ぬいぐるみを指さす。

「そのブタ、何で膝の上に載せてるんですか？」

翼は少しでも仲良くなりたいと思って笑いかけたのだった。しかし、伊藤さんは目をつり上げ、立ち上がると手のひらで机をバン！　と叩いた。そしてぬいぐるみを抱きしめると、翼を無視して部屋を出て行ってしまった。

お、おれ、何か悪いことした？

怒らせてしまったのは確かだった。ブタのことは見て見ぬふりをすべきだったのか。それとも、その前から何かまずいことをやらかしていたのか。

有馬さんに会ったときの幸福な予感はふっ飛んだ。これから先、この会社でうまくやっていけるのか。翼の心に不安が広がっていった。

★

「伊藤さんは会話をするのが苦手なのよ。初対面の人だとなおさらだから、居ケ内さんに対して怒ってたわけじゃなくて、顔がこわばるほど緊張してたんだと思う」

原口さんは淡々と話し、ラップにくるまれた手作りのおにぎりにかぶりついてからゆっくりと咀嚼《そしゃく》する。食べ終わると、また話し始めた。

「緊張しすぎて爆発しそうになるのを、ぬいぐるみを撫でながら必死に我慢してたんだけど、声をかけられたのがきっかけで、ボン！　ってはじけちゃったのね。たまにそういうことあるけど、気にすることないから」

「気にしますよ！　そういうの、前もって教えてくださいよ！」

　声が大きくなってしまい、食堂にいる社員の何人かがこちらを見てるので、翼は笑顔を返してごまかす。

「居ケ内さんは、伊藤さんがどんなふうに爆発するか、最初に体験することができてよかったわね。知ってれば、次に爆発してもそれほど驚かないじゃない」

「おれは……いや私は、爆発なんかしてもらいたくないです」

「それはそうよね。でも、伊藤さんがそんな感じになるのは余程のことだから。普段はおとなしい、控えめな人よ。一緒に働いているうちにわかるから」

　そんな悠長な話ではなく、すぐに対策が欲しい。

「伊藤さんとつきあうコツ、教えてください」

「コツなんてないわよ。私が入社したのは十年前で、やっぱり最初は話しかけてもらえなかったけど、慣れると大丈夫になった」

「慣れるって、どうすればいいんですか」

「どうするって、そんなの、毎日顔を合わせて、一緒に仕事をすれば慣れるでしょ？」

　翼は話が通じないもどかしさを感じる。

「伊藤さんとどうやったら仲良くなれるんですか。怒らせないようにするにはどういうところに気をつけたらいいんでしょうか」

「ねえ、そのから揚げ、結構おいしいの。食べてみて」

今日は初日ということで、会社が契約している仕出し弁当をタダで分けてもらったのだが、翼は伊藤さんのことが気になって手をつけていなかった。

仕方なく、いつも食べているのよりは白っぽい茶色の衣をまとった鶏のから揚げを一口かじる。

「……うまっ！　衣がふわっふわ」

「でしょ？　みんなで試食して決めたの」

原口さんがこれまでで一番うれしそうに笑う。この人はきっと、いい妻でいい母親なんだろうな。でも、仕事のやり方がぬるすぎないか？　そう思いつつも、から揚げに食欲が刺激されてご飯もほおばる。すると、トゲトゲしていた気持ちの角が少し丸くなる。そういえば、バックダンサーをやっていたとき、スタッフの弁当に気を遣っている現場はだいたい雰囲気が良くて士気も高く、逆に、まずい弁当だけど仕事の質は高いなんてことは一度もなかった。

翼が勢いよく食べるのを満足そうに見ながら、原口さんが言う。

「仕事のリストもらったのよね？　伊藤さんはしゃべるのが不得意な分、書くのは得意だから、まずはそれをしっかり読んで、理解して、仕事をする。仕事をきちんとしていれば、伊藤さんはあなたを嫌ったり怒ったりはしないわよ」

「じゃあ他には……」

と言いかけたとき、島本さんがこちらに近づいてきた。

「原口さん、カラオケの機械、調子悪いです」

「えーまた？」

「また、です」

原口さんは立ち上がると、島本さんと一緒にテレビがよく見える右奥にあるテーブルのほうへ行く。マイクを持って、テステステス、と言いながらスイッチをいじっていると、突然、ウオーンと大きなハウリングが響く。一人で食事していた光石さんが耳を押さえ、弁当をそのままにして外へ逃げていく。

今日はカラオケタイムがある日なので、昼休みに社員有志が歌うというのは原口さんから聞いていた。翼が彼らに背を向けて弁当を食べていると、歌声が耳に飛び込んできた。

「そうだ！　うれしいんだ　いーきるよろこび　たとえ　むねのきずが　いーたんでも！」

振り向くと、島本さんがテレビに映っているカラオケ画面を見ながら、飛び跳ねるように歌っている。顔のパーツが小さくて表情の変化がわかりにくい島本さんだが、それでも、仕事中の張り詰めた顔つきから一転して、目元も口元もゆるやかな曲線を描いている。いかにも、根を詰める仕事からいっとき解放され、気分転換している感じがある。

はっきり言って、歌はうまくない。夜のカラオケルームで酔っ払った人がハメをはずして歌っているのを、真昼間から見せられているような気恥ずかしさがある。弁当に戻ろうとするが、間奏の曲に合わせて島本さんが動いている様子に、目が留まった。

へえ、ばっちりリズムに乗ってんじゃん。

膝とかめちゃくちゃやわらかいし。

もし障碍がなかったら、おれみたいに友達と踊ったり先輩に教えてもらったりしてダンス楽しんでたかもな。そう思った途端、自分で勝手に気まずくなって、弁当に戻る。

島本さんは同じ歌を二回歌い、その間に食堂からどんどん人がいなくなった。翼は、彼に対して借りがあると思ったので歌が終わるまで席にいたが、もう一回歌おうとしたのでさすがに席を立った。

原口さんに呼び止められ「ありがとう」と言われる。島本さんは歌うのをやめて、翼を見ている。拍手を待ってるんだろうか。

翼は島本さんに近づき、

「こうやって、グー出してもらえますか」

と言い、右手で拳《こぶし》をつくって前に突き出すポーズをする。島本さんが素直にその通りにやったので、翼は島本さんの拳に自分の拳を軽くぶつけ、ニッと笑ってみせる。ダンサーたちがアメリカ人を真似してやっている手の動きで、挨拶の意味もあるし、「やったね」みたいなニュアンスもある。今の翼としては、まあ悪くないよ、という意味を込めたつもりだった。

すると、島本さんも拳を軽くぶつけてニッと笑った。翼は、おれの言いたいことが伝わったなと思う。隣で原口さんが不思議そうな顔をした。


あっという間に一ヶ月が過ぎた。

毎朝出社すると必ず、有馬さんは翼の前までやってきて「おはようございます！」と満面の笑みで挨拶する。それは誰に対しても同じで、いつも同じトーンで、なのに惰性という感じがまったくなく、「今日も新しい一日が始まりますね！」と心から呼びかけられているように思う。

翼は朝礼の前のラジオ体操で島本くんと顔を合わせると、拳と拳を軽くぶつける挨拶をする。

入社初日、カラオケの後に拳をぶつけ合った後、

「あなたはダンスがうまいです。でも三浦大知《みうらだいち》よりへた、です！」

と島本くんに言われ、お前わかってんじゃん！　と笑ってしまった。翌朝、翼がラジオ体操の曲に合わせながらヒップホップっぽく動いてみせたら、島本くんも一緒になって動いたので、今では隅のほうで、二人で勝手にアレンジしたヒップホップ風ラジオ体操をやっている。

そうやって軽いウォーミングアップで気分をアゲておいて、伊藤さんという手強《てごわ》い先輩に立ち向かっていくのである。

伊藤さんと一緒に働いて、驚くことはいくつもあった。

まず、電話に出ない。来客が来たときも翼に応対させる。つまり、外部の人と会話をする必要がある業務には一切関わらないのだが、書類作成などのデスクワークは恐るべき速さで次々とこなしていく。営業部の人たちはみなそれで納得しており、課長も「居ケ内くんは率先して電話に出たりお客さんに接することで、早く取引先を覚えられるね」と言う。

また、笑顔は決して見せない。翼に話しかけることもない。けれども、翼以外の社員とは盛り上がるということはないけれど普通に会話をしていて、まれに一秒くらい、顔全体

のこわばりがとけ、もしかして笑っている？　と思われるときがあった。そこで、翼もその場にまざって話しかけてみるのだが、その途端、あからさまに顔つきが変わって口を閉ざしてしまう。なのに誰も何も言わない。

後で、そこにいた営業マンの一人である東野《ひがしの》さんに、こっそり説明を受けた。東野さんは食品業界から転職した四十代後半の独身で、仕事の上手なサボり方なども教えてくれる、どこか飄々《ひょうひょう》とした人だ。

「ああいうとき、俺たちが伊藤さんに『若い男の前で緊張しちゃってー』なんてからかったり、逆に『後輩が話しかけてるんだから返事くらいしなきゃ』って注意するのもだめなんだよ。とっさに反応できなくて、そのせいで不安が強くなってブタさんのとこへ行っちゃうから」

「ブタさん？」

東野さんがジェスチャーをする。切羽詰まった顔で自分の席に戻り、机の下で見えないようにブタのぬいぐるみを撫でている、伊藤さんの物真似。

「そうなんですか。じゃあ、他にどういうことに気をつけたらいいですか」

「急な変更はだめ。二つ以上のことを同時に頼むのもだめ。終業ギリギリに仕事を頼むのもだめ。あと、太ってるって言うのもだめ」

後ろの二つは、誰にだってやっちゃだめだよなあと思う。とはいえ、心のきれいな人しかいないようなこの会社で、東野さんみたいなどこにでもいるちょっと無神経なおじさんも働いているのは、何となくほっとする。

「俺なんか伊藤ちゃんとまともに話ができるようになるのに一年もかかってさ。新入りはみんなそんな感じだから、オーちゃんもあんましナーバスにならないようにね」

外回りの営業なら一日の大半は社外にいるから、伊藤さんのことはさほど気にならないだろう。でも、翼にとっては直接仕事を教えてもらう先輩なのだから、やはり良好な関係を築きたい。

常に「私に話しかけないでオーラ」を強力に発している伊藤さんだが、メモにして渡すと、必ず返事のメモがもらえることがわかった。また、小休止しているタイミングで、漠然としたことではなく具体的な質問をすれば、的確な答えが返ってくることもわかった。

それだけで大発見をしたような気持ちになり、翼はすぐに原口さんに報告したのだが、原口さんもとても喜んでくれた。

「そうそう、最初はメモでいいのよ。どういう方法であれ、居ケ内さんが伊藤さんとコミュニケーションを取ろうと努力していることが素晴らしいわ！」

原口さんはおおげさにほめる傾向があるようだが、誰だってほめられるのはうれしいものである。

しかし、メモを書くのがだんだん面倒になってきた。というのも前の会社では営業職だったので事務の仕事は未経験であり、エクセル操作も自己流なのだ。そのため、パソコンに向かうとわからないことだらけであり、なるべく自分で調べるようにはしているが、それでもわからないことをいちいちメモに書き、その返事を待つというのは、時間がかかってしょうがない。

それに、電話で取引先の名前を聞き間違えたり来客が重なっておたおたしても、伊藤さんはまったくフォローしてくれず、翼ひとりがクレームを受けることも少なくなかった。同じ部屋には原口さんがいるが、席を外していることも多く、また、伊藤さんがいる前で原口さんを頼るのも失礼だと思った。あれだけほめられたからには、原口さんに愚痴も言いたくなかった。

伊藤さんに対してモヤモヤしたまま、メモを書くのも声をかけるのもやめてしまった。それでも伊藤さんは我関《われかん》せずの姿勢を崩さない。

あるとき、エクセルについてどうにもわからずテンパってしまい、とっさに「伊藤さん！」と声をかけ、助けを求めてしまった。

予想に反して、伊藤さんは眉根を寄せながらも丁寧にどうすればいいかを教えてくれた。

何だ、大丈夫じゃん。

おれ、気にしすぎだったかもと思い、それで安心してまた質問し、四回目の質問をしたら、バン！　と机を叩き、ブタさんを連れて部屋を出て行ってしまった。

二度目の爆発。

そのときは原口さんも他の社員も部屋にいたが、みな顔を上げて見ていただけで、翼に何か言うこともなく、出て行った伊藤さんを追いかけることもなく、また自分の仕事に戻った。まるで、今の出来事などたいしたことじゃないというように。

「なんなんだよ！　あれ！」

翼は誰にぶつけるでもない怒りを声にしてしまい、全員の目が一斉にこちらを向く。大声を出したことが急に恥ずかしくなり、翼も部屋の外へ飛び出してしまった。

原口さんが追いかけてきて、誰もいない食堂へ連れて行かれた。

何を飲みたいか聞かれて「いらないです」と言ったのに、テーブルの上にコーラが置かれた。

「居ケ内さん、よくコーラ飲んでるでしょ」

そこまで観察してるなら、おれと伊藤さんがうまくいってないこともわかってるくせに、何でなんもしてくれないんですか。

と、言いたいのをこらえる。

「私のおごり。ひと息つきましょうよ」

何かこれと似たような場面があったな、と思い、入社初日の弁当を思い出す。翼はすすめられて断れず、コーラを一口飲む。それで喉が渇いていたことがわかり、立て続けに飲んでげっぷをしてしまう。

「すいません」

すると原口さんが、げっぷであやまる人なんて久しぶり、ほら、あの部屋はむさくるしいおじさんしかいなかったから、と笑った。

「みんな、伊藤さんより年上だし、会社に何年もいるから、伊藤さんが爆発しても気にしなくなっているの。でも居ケ内さんは新人で、まだ若いのよね……ごめんなさい」

翼はその言葉を聞いて少し気持ちがおさまり、自分の本心もわかった。伊藤さんに対して怒っているというよりも、伊藤さんに非があるのにこちらをかばったりなぐさめたりしてもらえないことに怒っていて、そのことをアピールするために怒鳴ったのだと。

「原口さんがあやまることじゃないです。それに、伊藤さんにあやまってもらいたいとも思いません。私が一番求めているのは、伊藤さんへの具体的な対応策です。前にも言いましたよね。どういうことに気をつければいいのか、もっと教えてください」

　できるだけ冷静に、感情を交えないようにして言った。

「居ケ内さんは、今日どうして伊藤さんが爆発したんだと思う？」

「え？」

「どうしてだか考えてみましょうよ」

　翼は、先程のやり取りを思い出してみる。

「失礼なことは言ってません。だからおそらく、伊藤さんはパソコンをやっている最中に話しかけてほしくなかったのに、こっちがどんどん質問したから、不満が爆発した」

「不満っていうより、能力の限界に達したんだと思う。伊藤さんは、少しでも気になることがあると会話に集中できなくて、相手の話が理解できなくなるから、それでもう会話をするのは無理ってことになった」

「だったら机叩かずに、口で言えよって」

　つい、言ってしまう。

「それができたら苦労はしないわよね。伊藤さんはたぶん、居ケ内さんに質問されたらちゃんと答えたいとずっと思ってて、今日はがんばった。でも、立て続けに質問されて、限界を超えてパニックになった。普通の人だったら『ちょっと待って』とか『今は話しかけないで』って言えるのに、それが言えなくて爆発してしまった」

「ですからこういうときのために、『立て続けに質問をしてはいけない』みたいな、箇条書きにしたマニュアルをください」

「でもねえ……伊藤さんは、入社した当時の東野さんに話しかけられても一切無視だったのに、今、居ケ内さんには返事してるのよ。伊藤さんだって日々成長してるし、人間なんだから相性みたいなものもあるし、マニュアル化するのは難しいわよ」

「でも、もう失敗したくないです」

「べつに失敗したっていいんじゃないの？」

原口さんが気楽そうに言う。

「相手のことを知るって、人から聞いて知ったかぶりするんじゃなくて、じかに交わることで、いろいろ失敗したり、自分であれこれ悩みながらだんだんわかっていくものじゃない？　たとえば、他人が勝手につくった『居ケ内翼のトリセツ』が出回ってて、この通りに扱われてることがわかって、あなた、いい気持ちがする？　まあ、最近は『妻のトリセツ』だの『夫のトリセツ』だのをありがたがったりする人が多いみたいだけど」

『居ケ内翼のトリセツ』という言葉に含みがあるんじゃないかと原口さんの顔を見つめるが、原口さんは別の意味に取ったらしく「そっか。居ケ内さんなら、西野《にしの》カナの歌のほうか」と言い、翼が「ああいうことを最初から言う女の子とはつきあいたくないです」と答える。「だよねー」と友達に対してのようなざっくばらんな返事がくる。

「でも、伊藤さんに対しては『察してちゃん』になったらだめ。今回のことも『机を叩くのはやめてほしい』っていうふうに具体的に言ったほうがいい。それから、さっき居ケ内さんは、伊藤さんにあやまってもらいたいとは思わないって言ったけど、それって、伊藤さんのことを何を言ってもわからない人だと思ってるような気がしてひっかかったの。伊藤さんは、話せばわかる人だし、仕事ができる素晴らしい先輩だから、あなたが彼女から学ぶことはたくさんある。私たちを通して彼女を理解するのではなく、自分で見て、聞いて、彼女のことを理解してほしい」

翼はうなずきながらもため息をつく。

「おっしゃることはわかるんですが、私は、キャパシティが小さいから、どこまで伊藤さんを受け止めることができるか不安です」

原口さんがふふっと笑う。

「伊藤さんもおんなじこと言ってた。居ケ内さんが事務の仕事に不慣れなのは聞いてたけど、入力ミスがすごく多くて困ってるって。メモに、数字は必ず見直しましょうって書いたのに、ぜんぜんやってくれない。請求書の数字が一ケタ間違っているのを伊藤さんが課長に注意されたのも、実際は居ケ内さんが入力したものなのに、それも気がついてないみたいで、どこまで彼を受け止められるか自信ないって」

翼はかあっと顔が熱くなるのがわかった。伊藤さんのできない仕事をぜんぶ引き受け、さも自分が伊藤さんの面倒をみているのだと得意がっていた。でも、実は自分こそ伊藤さんの足を引っ張っていて、尻ぬぐいをしてもらっていたのだ。

部屋に戻ると伊藤さんが席にいて、翼を見るなり近づいてきた。

「先ほどはすみませんでした」

そう言って翼の顔をちらっと見た。翼は、初めて目が合ったと思う。伊藤さんは、相手の目を見て話すという、自分にとって一番苦手なことを今はやらなければいけないのだと思ったらしく、真剣に詫びているのがわかった。

「あの、我慢できなくなったときに、机を叩くのはやめてください。そのかわり『これから席を外します』って言ってください」

仲直りしたいという気持ちを込めて精一杯笑いかける。

伊藤さんは笑い返すことなく、「わかりました」と返事をして席に着いた。

なんで笑ってくれないんだろう。翼は会話を巻き戻してみる。そして、あ、と気がつく。具体的に言ったほうがいいということに気をとられ、先輩があやまったのに、それに対して何の感謝もなく、いきなり意見してしまった。そりゃむっとするわ。

翼はすぐに伊藤さんへメモを書く。

「あやまってくださりうれしかったです。ありがとうございます。私は数字の入力を間違えないようにして、必ず見直すようにします。これからもどうぞよろしくお願いします」

人に教えてもらう前に、まず自分で考えてみる。

やっとスタートラインに立ったのだった。

★

翼の三ヶ月の試用期間は無事終了し、あれ以来、伊藤さんが爆発することもなかった。彼女はときどき、自分で作った「これから席を外します」と書いてあるカードを見せ、ブタさんと共にすーっと部屋を出て行くようになった。

翼はもっと会話を増やしたかったが、伊藤さんは文章を書くほうがはるかに楽なようなので、今は、隣同士なのにメールでやりとりしている。LINEに慣れている翼は、一度、ビジネスチャットの導入を持ちかけてみたのだが、「すぐにレスポンスするのが苦手だからメールのほうがいいです」という返事だった。

伊藤さんにとって翼は、他の社員に比べて一緒にいる時間が圧倒的に長く、やり取りする機会も多いから、なるべくストレスの少ない方法でコミュニケーションを取りたいという気持ちは理解できる。でも、原口さんとは普通に会話をしているのに、なんでおれだけ、という気持ちもあり、原口さんに不満を漏らしたことがあった。

「私と伊藤さんは十年来のつきあいなのよ。まだ半年も経ってないのに、今からあせってどうするの」

「まあ、そうなんですけど。でも、伊藤さんのメールってロジカルでわかりやすいんですが、文章全体がビジネスライクで硬いっていうか、そっけないっていうか」

「そうなの？　プライベートじゃなくて仕事なんだから、つい硬くなっちゃうんだろうけど……そばで見てるとね、伊藤さんはいきいきとメールのやり取りをしてるわよ」

「ええっ！　ずっとむっつりしてるじゃないですか」

原口さんが困ったように微笑む。

「何で笑わないのかな」

翼のつぶやきに、原口さんは何も言わなかった。

翼は、伊藤さんがいつもむっつりしていることを、原口さんも残念に思っているのではないかと推察した。そしてますます、彼女が一度も、ちらっとでも、翼に対して笑顔を見せたことがないのが気になってきた。大量の数字入力を一ヶ所の間違いもなくやり終えても、にこりともしない。表情が乏《とぼ》しく愛想がないだけで、嫌われているわけではないとわかっていても、うっすらとさびしかった。

有馬さんは毎日、大盤ぶるまいの笑顔で「おはようございます！」と声をかけてくださる。翼が前日に飲みすぎたり、受注ミスをして東野さんに「お前、事務向いてないよ」と図星を突かれたりしてどんよりした顔をしていても、そんなことはお構いなく、常にニッコニコでこちらが挨拶するのを待っている。会話がかみ合わないこともあるが、そんなことは気にならない。翼は朝、有馬さんの笑顔を見ないと何だか物足りない。

島本くんには、最近、昼休みにヒップホップダンスのステップを教えている。彼ともじっくり話をしたことはない。翼が知らない島本くんの好きなアイドルのことを延々と聞かされたりもするが、適当に聞き流しても文句は言われない。音楽に合わせて一緒に踊り、じゃあまたなって仕事に戻るだけだが、けっこう楽しい。

言葉を交わさなくとも、心を通い合わせることはできる。翼は、踊ることが好きなせいもあるだろうけど、言葉というのは面倒で、かえって邪魔だと思うことがある。表情やしぐさなどのボディランゲージに重きを置きがちかもしれず、だからこそ、伊藤さんが笑ってくれないことにこだわっているのかもしれない。

接客業ではないのだから笑顔などなくてもいいとも言える。できないことを無理強いするのもよくないだろう。

でも、伊藤さんはまったく笑えないわけではないと思う。できれば、面白いことを言って笑わせるというのではなく、うれしくて思わずにこっとしてしまう、というのを見てみたい。

ちょうど月一回のチームミーティングが近づいていた。この会社では社員をいくつかのチームに分け、月ごとの目標を決めたり、特定のテーマの勉強会を開いたり、仕事上の問題点をチーム内で話し合って解決したりする。翼は、営業、総務、商品企画の三つの部署が集まったチームに所属していた。

伊藤さんをにっこりさせる、という自分のひそかな目標を達成するために、翼はチームミーティングで提案した。

「今月の目標は、毎日必ず誰かをほめること、というのはどうでしょうか？　私はほめておだててもらえると伸びるタイプなので、どんどんほめてほしいです！」

笑いが起きて、それで決まりそうになったとき、伊藤さんが珍しく手を挙げた。

「私は、反対です……たくさんほめられる人は……いいですけど、ほめられない人は……相手をほめるだけだから……損をします」

自分の思うことを伝えなければと、険しい顔つきで言葉を探しながら発言している。自分はほめられないから損をする、と思っているみたいだ。翼にしてみれば、あんなに事務処理能力が高いのに、どうしてそんなに自己評価が低いのか不思議である。

営業部の課長が言った。

「じゃあこういうのはどう？ 毎日必ず誰かひとりをほめて、ほめられた人はどんなことでもいいからほめ返す。倍返しだ！」

「うわ、なつかしいセリフ」

商品企画部の人が突っ込む。

多数決を取り、課長の案でいくことに決まった。

翼は、毎日伊藤さんをほめた。伊藤さんが気持ち良くなって、少しでも笑うきっかけになればという思いだったのだが、実際にやってみると、「字がきれい」「表のレイアウトが見やすい」「英語のメールにも対応できる」など、ほめるところだらけで苦労しなかった。伊藤さんは見るからに喜んだりはしていないのだけど、気温が低いときの雪だるまのように、かちんこちんだったものがすこーしずつ溶け始めている……と思いたい。

一方、伊藤さんは翼をほめ返すのにひどく苦労した。考え込んでしまい、いつまでたってもほめてくれない。そんなにほめるところがないのかとがっくりするが、気を取り直して「終業時間までにほめてください」とお願いした。

「電話にすぐ出るのが、いいです」「誰とでも話ができるのが、いいです」「お客様に笑顔で接しているのが、いいです」……翼をほめる内容は、すなわち伊藤さんができないことだった。伊藤さんは、電話に出なかったり接客をしないのを当然のように思っているわけではなくて、それができないことを非常に気にしているということがわかった。その部分を少しでも克服できれば、伊藤さんはもっと自分に自信がもてるのではないか。が、伊藤さんにできる接客とはどういうものなのか、わからなかった。

そんなとき、東野さんが京都の『阿闍梨餅《あじゃりもち》』を買ってきて、

「ねえ、みんなにお茶淹《い》れてよ」

と当たり前のように伊藤さんへ言ったことがあった。

社員は基本的に、何か飲みたいときは各自で用意することになっている。翼は、お茶を淹れるのは女性の役目という感覚がもう古いし、もしやるなら一番下っ端だろうと思い、

「私がやります」と言ったのだが、東野さんはさえぎった。

「いや、俺はこう見えてもお茶にはうるさいの。伊藤ちゃんが淹れるお茶はおいしいんだよ」

すると伊藤さんは席から立ち上がり、「東野さんは、出張に行くと、必ず、お土産を買

ってきて、どれもおいしいです」と言ってから給湯室へ向かった。

「え、ほめ返し？　俺初めて伊藤ちゃんにほめてもらった？」

東野さんがびっくりしたように言い、営業部全員が、伊藤さんがすぐにほめたことに驚いたのだった。きっと、伊藤さんはずっと前からそう思っていたのだろう。

翼は伊藤さんの淹れる緑茶を初めて飲んだのだが、濃さも温度もちょうどよく、飲む人のために丁寧に淹れているということが窺えた。

翼は伊藤さんに言う。

「もしよかったら、来客に出すお茶は伊藤さんが淹れて運んでいただけませんか？　私が淹れるよりずっとおいしいし、来客が重なったときも、一人より二人で対応したほうがスムーズだと思うんです」

「それ、いいね」

課長が言い、他の社員も口々に賛成する。伊藤さんはなかなか首を縦に振らなかったが、みんなから「おいしいお茶をお客様に出してほしい」と頼まれ、その熱意に押される形で明日からお茶出しをやることになった。

「伊藤さんの淹れてくださったお茶、ほんとにおいしかったです。お茶出しの件、承知してくださりありがとうございます！」

翼が勢い込んで話しかけても、伊藤さんは笑うことなく、暗い表情でブタさんを連れて部屋を出て行ってしまった。

伊藤さんは、最初の頃は緊張して手が震えたり、妙に時間がかかったりすることもあったが、あらかじめ何時頃に何人の客が来るかを伝えておくようにすると、落ち着いてお茶出しができるようになった。硬い表情を崩すことはなかったが、社員が「彼女は、人としゃべるのは得意じゃないんですが、パソコン業務とお茶を淹れるのは会社でピカイチなんです」と話せば、お客様は納得し、何か感じ入るところがあるような顔つきをされることもあった。帰り際に伊藤さんを呼んで「お茶、とてもおいしかったです」とお礼を言う方もいた。そんなとき、伊藤さんは何とか笑顔をつくろうとするが、なかなかうまくいかない、というふうに翼には見えた。

★

翼が入社した頃にはまだ緑の葉をつけていた桜の木も、紅《あか》く色づいて葉を落とし、今は新しいつぼみがふくらみ始めていた。

寒の戻りで風邪が流行り、いつも元気な原口さんもついに会社を休んだ。それで翼が一日総務代行となり、工場見学の案内をすることになった。原口さんから連絡があり、前任の人がつくった工場見学用マニュアルがあるから、それを見るようにと指示された。

その日は、栃木県の中小企業経営者団体の見学会だった。

二十代から六十代までの二十人ほどの男女を前に、翼がカンペを見ながらたどたどしく説明していると、光石さんが出し抜けに「原口さんは風邪でお休みです」と言ったり（事情を説明しようとしてくれたのだろう）、翼が紹介するのを忘れていた「検査用治具《じぐ》」（チョークの不良を検査する道具）を有馬さんがそっと手渡したりしてくれた。

しかも、翼は初めての工場案内のせいですっかり舞い上がってしまい、伊藤さんにその日の来客予定を伝えておくのを忘れていた。ところが後で営業部に行ってみると、課長から、伊藤さんが滞りなく対応したと聞かされた。

伊藤さんを見ると、今はパソコン作業に集中していて、話しかけてはいけないタイミングだった。翼は席に着き、メールを書く。

伊藤様　お仕事中、失礼します。本日の来客予定、伝えるの忘れてしまい、誠に申し訳ありませんでした。今後、気をつけます！

送信して五分ほどしてから、返信メールが来た。

居ケ内様　お疲れ様です。居ケ内さんが朝から忙しそうだったので、課長から来客予定を聞いておきました。ですから問題はありません。工場案内係のほうは、問題なかったですか？

翼は、伊藤さんが自分の仕事とは関係ない、翼の工場案内のことまで心配してくれていることに驚いた。人前で話し終えた興奮がさめやらぬまま、大勢の見学者を前に、緊張してぼろぼろだったことをそのまま書いてしまった。

すぐに返信がきた。

どんまい。

たった四文字、しかも宛名も定型フレーズもないメールは初めてだった。それだけのことなのに、翼は伊藤さんとの距離がぐっと近くなった気がして、自然と頬がゆるんでしまった。

隣にいる伊藤さんの顔を見る。

翼が見つめているのをわかっているのに、いや、わかっているからこそなのか、翼を見ることもなく、いつもと変わらぬむっつりした表情でキーを叩き続けている。

伊藤さんは笑わない。

でも、ほのぼのと満ち足りた気持ちは変わらなかった。モニターに視線を戻し、四文字を何度も読む。ただの活字なのに、伊藤さんが笑いかけているような気がした。

だがそれもつかのま、すぐに電話が鳴り、製造ラインの管理担当者から内線で呼ばれた。

工場に行くと、即座に厳しい口調で問われた。

「居ケ内さん、今日、みんなの体温、ちゃんとチェックした？」

「え？　あ……すいません、してないです」

社員は、毎朝出社すると、体温計で検温することになっている。風邪を引いても責任感ゆえに無理して出社してしまう社員が多いため、もし熱がある社員がいれば、総務が帰宅するように手配することになっているのだ。

「島本くんが、フォークで怪我しちゃったんだよ。なんだか様子もへんだし、熱を測ったら三十八度近くあって。早めに気がつけば怪我もしなかったのに」

　今朝はばたばたしていて、ラジオ体操も参加できなかった。一緒に体操をしていたら、体調が悪いことに気づけたかもしれない。

「怪我はどうなんですか？」

「指を少し切っただけだから、たいしたことない。本人は仕事したいって言ってるけど、帰すから。お母さんに連絡して」

　翼は島本くんの母親の携帯に電話する。彼の母親から、祖母のつきそいで今は病院にいるので、本人の体調がそれほど悪くないようだったら、ひとりで帰してほしいと言われる。横で会話を聞いていた白木社長が、島本さんの家はそれほど遠くないから、念のため付き添って家まで送り届けてほしいと翼に言う。翼も、彼の怪我は自分にも責任があるように思ったので、すぐに承知した。

　マスクをした島本くんと共に会社を出た翼は、大通りに出てタクシーを拾おうとした。ところが、島本くんは電車に乗って帰ると言ってきかない。

「シマくんは風邪で熱が出てるんだから、無理しないで車で帰ろう。タクシー代は会社から出るから安心していいんだよ」

「僕は電車が好きなので、電車に乗ります」

「でもさ、電車に乗ると人にうつすからよくないよ」

「電車に乗ります、です！」

島本くんは翼が止めるのを振り切って、駅に向かって歩いていく。翼は困ったことになったと思いながら後ろについていく。

駅に着き、改札を通る。お昼どきということもあり、小さな私鉄の駅に人は少ない。

翼は電車を待っているうちに、だんだん気持ちが悪くなってくる。

「シマくん、気分はどう？」

「気分、いいです。オーちゃんと一緒に電車に乗れて、うれしいです！」

島本くんは、翼と一緒に出かけているということに少し興奮しているようだった。

多摩川駅行きの電車がホームに入ってくる。翼はなるべく島本くんの背中を見るようにして電車の前に立つ。それでも、プシューッと音がして扉が開くと呼吸が苦しくなり、息をしようとすると腹の中のものがせり上がってくる。

口を手で押さえて回れ右をしたが、人にぶつかって立ちすくんでしまい、その場で吐いてしまう。そばにいた中年のおばさんが「あなた、こっちで休みなさい」と言って、翼の腕をつかんで近くのベンチに座らせる。「まだ気持ち悪い？　頭痛い？」と聞かれ、「いいえ、頭は痛くないです、すいません」と答える。知らない人からティッシュを渡されたり、駅員がやってきて「事務室で休みますか？」と聞かれたりするが「いいえ、ここで少し休めば大丈夫です、すいません」と答え、あとは恥ずかしくてずっとうつむいたまま座っている。駅員さんが翼の吐瀉物《としゃぶつ》を掃除し始め、この場にいるのもいたたまれないが、ぐったりしてまだ動けない。情けなくて涙も出てくる。

「オーちゃん」

下を向いた状態で声のするほうへ顔を向けると、島本くんのスニーカーが見えた。気が動転して島本くんのことが頭から飛んでいた。

そのまま電車に乗ってくれてたらよかったのに。

顔を合わせるのが嫌で、うつむいたまま、言う。

「おれのことはいいから、電車乗って帰って。シマくんは風邪引いてんだから、早く帰って」

「どうしたんですか」

「おれ、電車乗れないんだ。悪いけど、ひとりで帰って」

島本くんは、何も言わず立ち去った。

ほっとしたようなさびしいような気持ちのまま、しばらく目を閉じていた。

「オーちゃん」

肩をとんとんと叩かれ、目を開けると、島本くんがコーラを差し出した。

「これ飲んでください」

「……ありがとう」

島本くんは翼にコーラを渡すと、隣に座り、自分はデイパックの中からミネラルウォーターを出して飲む。翼はコーラを口に含むと立ち上がり、少し歩いて線路へ向かってぺっと吐き出し、またベンチに戻って今度はちゃんと飲む。見上げた空が能天気に青い。春のやわらかい陽射《ひざ》しがベンチにふりそそぎ、風もなくて、たぶん今日は絶好の仕事サボリ日和だ。でもまだだるくて、体も気分も重い。島本くんが心配そうにこちらを見ている。翼ははっと気づいて、島本くんのおでこに手を当てる。

「やっぱちょっと熱いな」

「あ、い、あつくないです。オーちゃんはあついですか」

「いや、あつくないよ」

「オーちゃんはどうして電車に乗れないんですか」

単刀直入に聞かれ、翼はかえって素直に答えることができた。

「……おれ、電車に乗ってるときに脱線事故にあっちゃってさ。腰を打って怪我したこともつらかったけど、目の前にいたきれいな女の子の顔に、こなごなに割れたガラスが突き刺さって、顔面血だらけになって」

翼はそのときの場面がよみがえりそうになって言葉を切る。意識をあの事故からそらそうとするが、ちょうどそのとき、ホームに電車が入ってくる。翼は自分でもわけがわからなくなるくらい全身が震えてきて、止まらなくて、うつむいたまま体を押さえ続ける。

「オーちゃん、寒いですか？」

島本くんに聞かれるが、返事ができない。すると、島本くんは翼の体をこすり始める。なぜか雪山で遭難したときみたいに「がんばれ、がんばれ」と言う。翼は島本くんの手のあたたかさに意識を集中させる。島本くんの「がんばれー　がんばれー」はだんだんリズムがつき、やがて歌にかわる。

「そうだー　おそれないで　みーんなのために　あいと　ゆうきだけが　とーもだちさ！」

もしここでひとりきりだったら、どうしようもなくつらかったけど、島本くんが隣にいる。

大声で歌われるのはちょっと恥ずかしいけど、アンパンマンみたいに心やさしく、翼を守ってくれている。

今日は、みんなに助けられっぱなしだなあ、と思う。

翼はホームで島本くんと別れ、会社に帰って白木社長にすべてを報告し、最後に付け加えた。

「社長、申し訳ありません。ゆくゆくは外回りの営業をしたいと言いましたが、たぶん無理です」

脱線事故の後、ダンサーをやめて就活を始めたが、どうしても電車に乗れなくて企業の面接に行くことができなかった。自転車を漕《こ》いで面接に行っても、電車に乗れないことがネックになったのか、不採用が続いた。

ハローワークで、地元の文具メーカーが営業事務を募集しているのを見つけたとき、自分にぴったりだと思った。どうしても入社したかった。それで面接の際に「まずは、電車に乗る必要がない営業事務で貢献したいと思っておりますが、いずれ電車に乗れるようになって外回りの営業がしたいです」と訴えた。乗れる見通しなどまったくなかったけれど、やる気を見せなくてはいけないと考えた。

入社してみると、この会社には若い営業マンがいなかった。やはり営業職を期待されて受かったのかもしれないと、さらにプレッシャーを感じた。

しかし今日、自分が電車に乗れそうもないことを思い知った。白木社長に期待を持たせ続けるのは心苦しく、正直な気持ちを打ち明けたのだった。

白木社長は柔和な笑みを浮かべて言った。

「急がなくていいんだよ。うちの社員は、すぐに仕事を覚えたり業務をこなせたりする人ばかりじゃない。何度も失敗して、少しずつできるようになってる。『待つ』ことも大事な仕事だと、私は思っている」

「でも、もしかしたら一生乗れないかもしれません。しかも、私はデスクワークに向いてなくて、ミスばっかりで……」

「そんなふうに決めつけちゃだめだよ。第一、私は、君に営業をやってもらいたくて採用したわけじゃないから」

「え、そうなんですか？」

「面接でダンスを踊り出す応募者なんて初めてだったから、会社にこんな変な奴がひとりくらいいても面白いかなって」

翼が返事に困っていると、白木社長がからりと笑った。

「いやいや、居ケ内さんの人柄だよ。電車に乗れなくたって、この会社に入りたいって熱意が感じられた。芯は明るいし、伊藤さんとも仲良くやっていけそうだと思った」

「そんな……最初はけっこう厳しかったです」

白木社長は知っているのか、小さくうなずいた。

「私だってそうだった。自分には偏見がないと思っていたが、実際に一緒に働いてみると自分の思い込みにぶつかって、うまくいかないことも多かった。でも、健常者としての常識を疑ってみたり見る角度を変えてみると、思わぬ発見がある」

翼は、伊藤さんをにっこりさせるという目標を持っていた。これまでずっと、「笑う」ということが最高のコミュニケーションであり、笑顔を交わさないというのは冷たい関係だと思い込んでいた。でも、そうではなく、その人に合ったコミュニケーションの方法を見つければいいのだと今は思う。

「この会社には、いわゆる専門家や、福祉を勉強してきた社員はひとりもいないんだよ。そういう人のほうが対応は早いのは確かなんだけどね。君も気づいていると思うけど、この健常者の社員たちは、障碍のある社員ひとりひとりにどういう病名がついていて、知的障碍の等級は何級なのか、ということについては把握《はあく》していない。でも、毎日彼らと接し、時間をかけて、相手がどんな人なのかを自分なりに理解して、対応している。こういう病気の人だからと型にはめることなく、ひとりひとりの細かい違いを見て、その人に合ったやり方で接している。でもそれは、普通の人とのつきあい方と同じだと思いませんか」

「はい……」

翼は、入社初日の朝礼の挨拶で、ゆっくりとしゃべったことを思い出す。今になってみればそんなことをする必要はなく、ばかばかしい行為だったと思うが、それを頭ごなしに叱責する人はいなかった。翼自身が気づくのを待っていたともいえる。伊藤さんとの接し方についても、先輩たちからああしろこうしろと指示され、言いなりになっていたら、自分から伊藤さんの笑顔を見てみたいとは思わなかっただろう。

白木社長に聞いてみたいことがあった。

「他の社員たちも、待つことの大切さをわかっているのは、社長がそういう話をしているからですか」

白木社長がしばし考え込む。

「朝礼でそういう話、してる？　したっけ？」

「いえ……」

少なくとも翼は聞いたことがない。

「たぶん、私も、他の社員も、障碍のある社員たちと接することで自然と学んでいるんじゃないのかな」

たぶんこれが我が社の社風なのだろう。そしてこれこそ、障碍者雇用を四十年近く継続してきた会社への、障碍のある社員たちからの最大の贈り物なのかもしれない。

これまでたくさんの健常者が入社してきたはずだが、おそらく、障碍のある人と一緒にどのようにして働いていくかという、テクニックだのコツだのトリセツだのが渡されたことは一度もないだろう。

人間同士の交わりにマニュアルはない。

翼は、マニュアルを欲しがっていたあの頃から、ずいぶん遠いところまで来たように思った。

親子三代

たった二時間弱でここまで来ちゃうんだよな。

トンネルの黒い壁ばかりが続いた後、ようやく車窓《しやそう》の遠くのほうに日本海があらわれたとき、相澤祐弥《あいざわゆうや》は無意識に腕時計を見ていた。隣に座っている若い男は、東京駅で乗車したときからスマホに夢中だったが、今は腕を組んで眠りこけていた。

祐弥は小さくため息をつく。それは、目の前に広がる冬の北陸らしい濁《にご》った灰色の空のせいだけではない。

実家に帰るときはいつも、何とはなしに気分が沈む。大学進学のために上京して以来、もう三十年以上経つのに、その気分は消えることがない。両親と仲が悪いわけではなく、二人とも年老いてあちこちにガタがきているとはいえ、とりあえず元気で働いている。自分が育った家もそのまま残っており、見ればなつかしく慕《した》わしい。だから、帰りたくないというよりは、日頃見ないようにしている後ろめたさと向き合ってしまうのがいやなのだ。

祐弥は酪農《らくのう》業を営む農家の長男であるが、在京のテレビ局に就職し、現在はその系列会社の部長として働いている。大学時代はアメフト部の副キャプテンだったが、学業成績は決して良くなかったから、競争倍率の高い会社に内定が決まったときは一生分の運を使い果たしたような気がした。営業畑が長く、管理職になってからは人事局で労務を担当していたが、一年前、五十歳で出向を命じられた。十中八九、親会社に戻ることはない。

そのことに対してはもう納得している。たぶん退職金がもらえるまで粛々《しゆくしゆく》と働き続けるだろう。その後は……そのときになったら考える。

現在、実家の牧場は七十六歳の父、広紀《ひろき》が経営者であり、七十二歳の母、朋子《ともこ》と六十四歳の元酪農家である遠藤《えんどう》さんの三人が中心となって、約六十頭の牛の世話をしている。父はいまだに力仕事もやっているが、現場で仕事をするのはどう考えたってそろそろ限界である。

とはいえ、祐弥がほんの一瞬でも、Uターンして父の後を継ぐことを考えなかったのは、脱サラした五十男がいきなり牧場の仕事をこなせるほど、酪農は甘くないというのをわかっているからだ。そもそも、農業が嫌いなのである。牧場を継ぎたいと思ったことは一度もない。

祐弥は二人兄弟で、結局、弟の雅巳《まさみ》が継いだのだが、十三年前に不慮の事故で亡くなってしまった。そのときも、弟亡き後の牧場のことについては、一切両親にまかせきりだった。

る。それなのに、継がなかった後ろめたさが、いつまでも消えない澱《おり》のように残っている。継ぎたくもないのに継がなくてモヤモヤし続ける自分が、意味不明である。仕方のないことだと割り切れないのが、もどかしい。後ろめたさを抱え続けることで、継がなかった贖罪《しょくざい》をしているつもりなのだろうと、そんな自己満足的な行為を冷笑したりもしてみるが、だからといって後ろめたさが消えるわけでもない。

ひとりで帰省するときも、妻子を連れて遊びに行くときも、東京駅を出てしばらくすると、そういう屈託《くったく》がふっと湧き上がってきてしまうのだった。目的地に着くまでの長い間、それを頭の中でころがしながら、最終的には何とか蓋《ふた》をしてしまうというのが、実家に向かうときの常だった。

しかし、北陸新幹線はそんな習慣や感傷を吹き飛ばした。あっけないほど、早く着いてしまう。

八歳の祐弥が初めて東京に行ったときは、富山《とやま》駅からあのピンクがかったクリーム色と赤色のツートーンカラー（国鉄色！）の特急「白山《はくさん》」に乗車し、七時間かかった。

大学入試試験を終えた後に東京から富山へ戻るときは、午後九時五十分上野《うえの》発の夜行列車である寝台列車「北陸《ほくりく》」に乗った。鉄道が好きな祐弥に飛行機という選択肢はない。が、狭い二段ベッドと振動と興奮で眠れず、廊下に出て景色を見ようにも、下で飲んだくれているおっさんにからまれそうで外に出ることもできず、ひたすらじっとして、五時三十八分に富山駅へ着くことだけを待つ旅だった。

　上越《じょうえつ》新幹線が開業すると、東京から富山までは三時間半に縮まったが、新潟の長岡《ながおか》駅で乗り換えるという大回りのルートは、時間以上の遠さを感じさせた（平成九年からは越《えち》後湯沢《ごゆざわ》駅での乗り換えとなる）。しかも、信越《しんえつ》本線や北陸本線は雪や強風で止まることが多い。まだ子供がいなかった頃、妻と二人で長岡駅まで新幹線で行ったものの、そこからの在来線が大雪の影響ですべて運休になってしまったため、折り返し東京に戻り、東海道新幹線に乗り換え、名古屋・米原《まいばら》経由で富山に入ったことがあった。もちろん追加料金は必要ないが、年末の帰省時期だったから、振り替えの列車内ではずっと立ち通しだった。東京出身の妻は途中から口もきいてくれなくなり、祐弥は家に着くなり畳に倒れ込みそうになるほど疲れてしまったことを覚えている。

　もしかしたら、それほどまでに遠いことが、いや、遠いと思い込むことが、自分にとって大事なことだったのかもしれない。

　これまで三十年近く、東京で必死に働いてきたのは、遠い田舎から出てきたという気概、気負いがあったからではないか。そして、仕事を理由にあまり実家に帰らなくても咎《とが》められなかったり、逆に、たまに孫の顔を見せに行けば親がひどく喜んだのも、親にこの遠さをアピールしていたおかげだったのではないか。

親のほうも、三百六十五日、たまに休む以外は乳牛の世話に追われているので、めったに上京することがない。そうやって親と頻繁に会っていないことが、かえって祐弥と親の仲を良好なものにしているとも言える。

また、速い飛行機を避けることで、実家にたどり着くまでの時間を稼ぎ、その間に自分をつくり直していたような気もする。

二十代の頃は特に、好景気で絶好調だったテレビ業界の華やかで浮ついた世界と、牧場の堅実で地味な世界との落差が激しかったから、東京で暮らしているときのテンポや物腰をそのまま纏《まと》って故郷に戻ると、自分だけ浮いてしまうことが多かった。最初のうちはそういうことも含めて得意げにふるまっていたが、だんだん、実家に帰ると調子が悪くなってきた。ラジオの周波数がずれると雑音だらけでストレスが溜まるような、そういう気持ち悪さに似ていて、列車に乗りながら、自分というアンテナの位置を東京仕様から地元仕様に微調整していく作業、とでも言おうか。

そして、子供ができてからは、東京に住む家族と実家に住む家族の橋渡し役、都会の文化も田舎の文化も尊重して喧嘩しないようにする道化《どうけ》役を演じるための心の準備、とでも言おうか。

それに加え、年を取るにつれて、普段はあえて悩まないようにしている親の老後や牧場の今後について考える時間にもしていて、ここで最悪のことを想像しておけば、実際に親や牧場を見たときにそれほどひどく落ち込まないという保険のようなもの、とでも言おうか。

とにかく、そういういろんなことを考える時間が少なくなってしまい、祐弥はあせり始める。特に今回は、新たな問題を抱えているというのに。

息子の傭平《ようへい》からＬＩＮＥが届いた。

「駅到着。南口のいつものとこにいます」

「あと十分で着きます」と返しておく。

二月という中途半端な時期に実家に向かっているのは、就活に失敗した傭平が、突然、牧場を継ぐと言い出したからである。直接聞いたわけではなく、妻の綾乃《あやの》からのまた聞きではあるが。

傭平は二十三歳、都内にあるＨ大の経営学部に一浪して入り、現在四年生である。真面目な性格だがかなり内向的で、メーカーを中心に三十社近く受けたらしいが、一社も内定がもらえなかった。

就職留年を決めたのが去年の十月。祐弥の何倍も鉄道オタクである傭平は、「メンタルけつまり子は、「まあ、そのなかで……」と言っていつもの「乗り鉄の旅」に出かけ、当初は祐弥の実家に寄るだけのつもりだったらしいが、年末年始をはさんでずっとそこで暮らしている。そして毎日牧場を手伝ううちに、祖父の後継者になりたいと思ったらしい。

祐弥が若い頃は、農業などダサくて見捨てられた産業の典型であり、地元に残って農家を継ぐのは、他で働く能力のない者か余程の変わり者と思われていた。祐弥は当然、都会での成功を目指した。

しかし、祐弥が就職した一九九〇年当時の「三十九歳以下の新規就農者」が約四千人だったのに対し、近年はその三倍以上に増えているという。若い就農者に対する支援制度が設けられたこと、サラリーマンのように働ける農業法人が増えたこと、また、東京中心の働き方を見直したり、食品の安全性や環境問題に対して関心の高い若者が増えたことも一因だろう。

「私は就農するのがだめって言いたいわけじゃないの。今の脩平は面接の失敗が続いて自信をなくしていて、就活から逃げてるだけなんじゃないかと思う。ずっとあなたの実家にいるのも、一種のひきこもりじゃないかな。あんなのんびりしたところで牛だけを相手にしてたら、就活なんて遠い世界の話になっちゃうでしょうよ。聞いたら、就活のための情報収集も全然してないって言うし、とにかく一度東京に戻ってくるように、あなた、直談《じかだん》判《ぱん》して来て」

ＩＴ企業で管理職として働いている同い年の綾乃の、よどみない口調を思い出す。

祐弥が傭平の後継ぎ話を初めて聞いたときの感想は、

「馬鹿なことを」

というものだった。

自分の代わりに牧場を継いでくれる喜びなど、露《つゆ》ほども湧かなかった。都会育ちの若者が田舎のスローライフに憧れ、いっとき夢を見ているだけだろう。就活から逃げているという綾乃の指摘も正しいと思った。

一方で、腑《ふ》に落ちるところもあった。傭平は小さい頃から祐弥の実家が好きで、祖父の広紀となぜか気があった。生まれも育ちも渋谷区渋谷の綾乃や、傭平の二つ上の姉である真緒《まお》が、牛糞《ぎゅうふん》臭い牛舎の中に入るのを好まなかったのに、傭平はそこを自分の城のようにして遊びまわった。大学生になるとひとりで実家に遊びに行き、たまに牧場を手伝ったりもしていたらしい。

おじいちゃん子で気のやさしい傭平が、苦行のように牧場で働く老夫婦を見て、自分が助けたいと思ったとしても不思議ではない。

ならばそういう息子に育ったことに感謝し、応援してやりたいと思うのが親なのではないか。でもやはり、よっぽどの覚悟がないと農業は難しいという考えに落ち着いてしまう。

……ひょっとして、俺は息子に嫉妬《しっと》しているのだろうか？

そう思った途端、富山駅に着いてしまった。

嫉妬についてはもう考えないことに決めて、改札を出る。土曜日の午後だが、構内はあまり混んでいない。

今年は暖冬だから、外にはどこにも雪がない。二十五年ぶりの大雪といわれた昨年の冬は、平野部でも一メートル近い積雪があった時期もあり、革靴のまま帰省するなど考えられなかった。もし今年も大雪で、毎日雪が降り、毎日雪かきしないと家の外に出られないような状況だったら、倩平は後継ぎになると言っただろうか、と意地悪なことまで考えてしまう。

無料駐車場に行くと、実家の古い車、シルバーのカローラ フィールダーが停まっていて、運転席にいる倩平はスマホをいじっていた。窓を叩くと反射的にこちらを見る。父だと気づくと、少し緊張したような表情になった。

ドアを開けて助手席に乗り込むと、ほんのりと牧場の匂いがした。

「おう、迎えに来てくれてありがとな。いやー、こっちもあったかいわ。仕事がきつくてよれよれになってんじゃないかと思ったけど、元気そうだな」

ダウンを着ている健平の体つきはよくわからなかったが、顔全体がふっくらとして肌つやも良く、いかにも健康そうだ。

「毎日おばあちゃんのおいしいごはん食べて、昼寝もできて、超快適」

健平がぶっきらぼうに返事する。

可愛い孫のためにせっせと料理をつくる母の姿が目に浮かぶ。

健平はゆっくりと車を発進させる。合宿で免許を取ったものの都内で運転することはほぼなかったから、祐弥が息子の運転する車に乗るのは初めてだ。まるで自分が運転手のように周囲に注意を向ける。十分ほど走ってようやくラジオも音楽もかけていないことに気づき、沈黙が苦手な祐弥はつい自分から話しかけてしまう。

「健平が手伝ってくれるから、おじいちゃん喜んでんだろ」

健平の顔に初めて笑みが浮かんだ。

「……どうかな。でも確実に仕事が終わるのは早くなった」

弟が亡くなった一時期、父と母だけで牛の世話をしていたときは、夜九時に仕事を終え、風呂に入って十時から食事ということもざらだったようだ。そして十二時ごろに寝て、翌朝四時にまた起きるのだ。

聞けば、今は七時半に夕食だという。

「牧場の仕事、好きか？」

脩平は考え込むような顔になった。すぐに肯定しなかったことが、どういうわけか、祐弥にはちょっと悲しかった。やはり、義務感で後継ぎになろうとしているのだろうか。

「僕には向いてるような気がする。人と話をすることも少ないし、競争がないし、自分のペースで仕事ができるし」

母親である綾乃は、息子の内向的な性格を見越したうえで理系に進ませたかったようだが、脩平は理数科目が苦手で、文系にいくしかなかった。すると綾乃は、簿記の検定を受けておけ、公認会計士を目指してはどうか、などと勧めていたようだが、本人は何もしなかった。そして恐れていた通り、営業職に向いていない、何の特技も資格も持っていない文系人間の就職は失敗した。

脩平が、人づきあいの苦手な人間でも働きやすい仕事として、農業を選んだのは賢明なのかもしれない。母に似て精神的にたくましい姉が、大手ＩＴ企業にすんなり就職してシンガポールで働いていることへの対抗心や、進路にあれこれと口を出す母親への反発心もあったかもしれないと思う。

しかし、農業経営者となり、地方のコミュニティの新参者として生きていくには、コミュニケーション能力が必要不可欠である。しかも農業を取り巻く社会情勢は厳しく、「でもしか」経営者など生き残れるはずがないのだ。

祐弥はそういうことを言い聞かせなければならないと思った。

「傭平はさあ……」

ちょうどそのとき信号が赤になり、車を停止させた傭平がごく自然にこちらを見た。

祐弥は驚いた。東京にいるときは、いつも自信がなさそうに上目遣いで人を見る癖のあった傭平が、まっすぐに父の顔を見返しているのだ。

傭平は変化している。祐弥はそう気づいた瞬間、こういうときに下手な説教をしてやる気を摘《つ》んではいけないと思った。伊達《だて》に部下の管理を十年以上やっているわけではない。

「自分の好きにしたらいいよ。自分の人生なんだから」

祐弥は、さりげなく傭平の肩を叩いた。

傭平は祐弥のその手をちょっと嫌そうに見てから、また車を走らせた。

★

牧場は、富山駅から車で三十分ほどの山間部にある。

広紀が二代目で、最初は町中《まちなか》にあったのだが、周囲に住宅が増え、臭いや排水などの問題も取り沙汰されていたため、祐弥が小学三年生のときに自宅ごと広い土地へ引っ越した。牛舎も一新し、搾乳《さくにゅう》や牛糞処理のための最新式の機械を導入、北海道から新しい牛も買い入れ、子牛を含めて百頭近くいた。あの頃は父も母も若く、酪農家をめざす若い夫婦やベテランの牧夫が近隣から通いで働いていた。子供心にも、うちの商売はうまくいっていて父は成功者なのだと思った。

山あいの道を通ってカローラ フィールダーが牧場の前に着くと、傭平はさっさと降りて牛舎の横にある小さな二階建ての自宅に入ってしまった。

祐弥は初めて来た人のように、改めてゆっくりと建物を眺める。

北にある崖《がけ》を背にして、学校の体育館を細長に二つ並べたような牛舎が建っている。南側の前方には放牧のための野原が広がり、そこからは市街地が見下ろせる。この牧場は一番近い集落から一キロ以上離れた山奥にあるため、周囲には誰も住んでいない。

自宅のほうは、結婚が決まって綾乃の両親が挨拶に来た際に外壁などをリフォームしたため、それほど古くは感じられないが、築四十年を超える牛舎はぼろぼろである。鉄骨や鋼板を使った建物は、木造と違って年月を経ることで趣が出ることはなく、ひたすら汚らしく、みすぼらしくなる。壁が赤茶色い錆《さび》に覆われ、あちこちに空いた穴や昨年の大雪で割れたガラス窓が、ベニヤ板で簡易的に塞《ふさ》がれたままになっていて、うす曇りの光のなかでそれが余計にわびしい。

牛舎の南側に面した一角には、高さ十五メートルくらいの、電線のない木製電信柱のようなものが一本立っている。鯉《こい》のぼり用の竿《さお》であり、この地に引っ越したときに、父がわざわざ竿用の丸太を材木屋に注文し、クレーンを使って立てたのだ。子供の頃は恐ろしく高く感じたが、今でも、街でよく見かける電柱と比べればはるかに高い。現在はもう鯉のぼりを揚げることもなく、水に強いヒノキの柱だけが、朽ちることなくぽつんと立ち続けている。

牛舎の入口の脇では、シェットランドシープドッグのように見えるがおそらく雑種と思われるクッキーが、こちらのほうを見ながらフサフサのしっぽをぶんぶん振って吠《ほ》えている。近づいてその体を撫でてやると、地面に寝そべって腹を見せながら「もっと撫でろ」と体をくねらせる。祐弥はできるだけたくさん撫でて、日頃動物に触っていない不足感をここで満たす。十八歳でも驚くほど元気なこの犬は、たまにしかやって来ない祐弥を覚えているのかどうかわからないが、いつも全身で歓迎してくれる。

「家に入らんと何しとるがいね」

軍手に長靴姿の母が、牛舎の裏手からやって来た。小柄な体が、腰が曲がってさらに小さくなったような気がする。

「クッキー、右目が濁ってきてるけど見えてんのかな」

「ああ、見えとらんやろね。でも牧場に人が来たらすぐ吠えるから、ちゃんと番犬の役目しとる。ほら、これ」

見せたビニール袋の中には、泥だらけのふきのとうが入っていた。牛舎の裏の崖に生えているのを摘んできたのだろう。

「もう取れるんだ」

「今年は雪ないからね。天ぷらにする?」

「ああ、いいねえ……傭平もここに来てすっかり健康的になったみたいで」

「あの子が来てくれてほんまに助かっとるけど」

そして内緒話をするように声が小さくなる。

「魚も煮物もなーん食べんからね。お父さんは肉が続いたら文句言うし、傭平の分だけ別のおかずつくっとる」

「え、そこまでする必要ないって。偏食《へんしょく》を直すいい機会だよ」

「せっかく牧場手伝ってくれとるがに、そうはいかんちゃ」

生《き》真面目な顔で母が言う。傭平はまだまだお客さんなのだ。

家に向かう母と一緒に歩きながら祐弥は尋ねる。

「母さんはさ、傭平にこのまま牧場で働いてもらいたい？」

母は、さっきの傭平と同じように考え込む表情になった。

「そりゃあねえ……でもあんた、連れ戻しに来たがじゃないがけ？」

「そういうわけじゃないけど、綾乃が一度東京に戻れって言ってて」

母が玄関の扉を開けると、居間のテレビの音がここまで聞こえてくる。耳が遠くなっている父のせいだ。

「あんたたち、実は仲いいがやね」

母はふくみ笑いしながら玄関に上がり、台所へ行った。

祐弥はのろのろと靴を脱ぎ、六畳の居間に入る。父がこたつに足を突っ込んで座椅子に座り、テレビを見ている格好のまま、上向きにぽかんと口を開けて寝ていた。午後の時間は大抵テレビを見ながらうたた寝をしていることが多く、見ていないテレビを消すと、なぜかぱっと目を開けて「見てんだから消すな」と言われる。

父は七十を過ぎたあたりから外に出かけることが少なくなり、仕事をしていない時間は、テレビを見ているか、寝ているかだ。囲碁や麻雀《マージャン》をする仲間が相次いで病死してしまったこと、牧場の仕事が年々きつくなっていることが大きいのだろう。でも、たくましい肉体を誇り、精力的に働き続け、仕事にも息子たちにも厳しかった父が、物事がわからなくなった老人のようにぼーっとテレビを眺めていたり、いぎたなく眠りこけていたりする姿は、あまり見たくないものだった。

父と二人きりというのは、相手がたとえ眠っていても気詰まりなので、立ったままでテレビを消し、襖《ふすま》に手をかけた。

「何だ、帰ってたのか」

背中に向かって声をかけられた。振り返ると、父が寝起きの顔つきでこちらを見ていた。

「うん……傭平が世話になってて、いろいろとありがとう」

「ああ」

世間話ができない父はそれで黙ってしまい、祐弥はこらえきれず、すぐに本題に入ってしまう。

「傭平が牧場継ぎたいって言ってるんだけど、父さんは賛成？」

父は、一瞬だけ雲が途切れて薄日が差したように目を細めたが、すぐにそれは消えた。

そしてしばらく無言のあと、ぽつりと言った。

「無理や」

「何で？」

「こういう牧場がやっていける時代じゃない」

そして、もう話は終わったとばかりにテレビをつける。とてもうるさい。祐弥はもっと聞きたいことがあったが、父の取りつく島もない表情にそれ以上話ができず、居間を出てしまう。

戦中生まれの父は、子育てよりも仕事や外でのつきあいを優先する男だったから、幼い頃の祐弥や弟は、父と一緒に遊んだり親しく話したという記憶がない。世間では如才ないと言われる祐弥も、父と話すのだけは苦手である。弟が亡くなると、父はさらに気難しく無口になっていった。

普段は二階の部屋に逃げ込むが、今は傭平が使っている。祐弥はまたクッキーを撫でることにして、外へ出た。

夕方四時半になると、真新しそうなブルーのつなぎに白い長靴をはいた傭平が牛舎にあらわれ、ひとりで「牛糞かき」を始めた。一番キツくて汚れる仕事を率先してやっている息子を見直しつつ、祐弥は牛舎の隅のほうに立ち、さらに観察する。通路の脇に置いてある大きくて埃《ほこり》まみれのラジオから、古い歌謡曲が流れている。

酪農といえば、広大な野原で乳牛を放牧している光景を想像する人が多いが、日本で常に放牧している牧場は三%程度であり、約七割は「つなぎ牛舎」と言って、乳牛を一年中牛舎につなぎっぱなしで飼っている（他に、「フリーストール牛舎」と言う牛舎のなかを牛が自由に動きまわれる飼い方や、その二種の牛舎を併用する方法がある）。放牧の場合、毎日の効率的な搾乳が難しく、一頭一頭の牛が食べる餌の量を管理できないため、乳の生産量や品質を安定的に保てないという問題があるためだ。牧草の管理も大変である。

この牧場も「つなぎ牛舎」であり、当初は放牧もしていたが、ここ十年くらい、南側の野原はまったく使われていない。

牛舎の中央には幅三メートルほどの通路があり、通路に向かってお尻をむけた牛が、両側にずらりと並んでいる。つながれた牛が床に落とした糞は、窓拭き用のスクイージーに長い棒を付けたような糞かき棒でかき集められ、通路の脇にある溝に落とされ、最終的には溝の下にあるベルトコンベアーで牛舎の外に運ばれる。牛糞をさらった後は、通路の真ん中に山盛りに積まれているおがくずをシャベルですくい、ゴム製の床全体に撒《ま》く。おがくずは牛のひづめが床を滑るのを防ぎ、牛糞と混ざって堆肥《たいひ》になるのだが、最近はバイオマスへの需要でおがくずの価格が高騰しているという。

平均的な乳牛の一日に出す糞の量は、五十キロとも言われている。一回の量は二〜三キロはあると思われ、しかもそれにおがくずが混ざるからさらに重くなる。下痢気味の牛なら床全体がびちょびちょの糞まみれで、脩平はそれも全部きれいにかき清めている。その作業を数十頭分、一日に何回もやらなければならない。少しでもさぼれば、牛の横たわる場所は糞まみれになり、乳房が汚れて乳房炎の危険が増す。傭平は、几帳面《きちようめん》すぎるほど丁寧に、黙々と糞かきをしている。

五時になると、父と遠藤さんが牛舎に来て、餌やりと搾乳の準備を始めた。最近の大規模牧場では、自動給餌機《きゆうじき》や搾乳ロボットを導入して仕事もずいぶん楽になっているようだが、父にはそんな投資をする資金もタイミングもなかった。餌は乾草と濃厚飼料（大豆やトウモロコシ、ビール粕《かす》、魚粉などを配合したもの）を一頭一頭の乳牛の体調や乳量に応じて与えるのだが、この餌の量のさじ加減が重要なのだと父に聞いたことがある。昔は近所で調達したおからや稲藁《いなわら》をやっていたが、今は、生産量を上げるために高価な濃厚飼料に頼らざるを得ないとも言っていた。

父が濃厚飼料の入った三十キロの袋をよろよろと持ち上げる。

遠藤さんは何をしているのかと思って姿をさがすと、ミルクタンクや搾乳機の点検をしている。父より若い遠藤さんのほうが重いものを運ぶべきではないかと思うが、さすがに口は出せない。もっと言えば自分が手伝うべきなのだろうが、就職してからは一切牧場を手伝わないことに決めている。

傭平はもう仕事の段取りを覚えたようで、ひとりで乾草をやったり、別棟にいる育成牛

（まだ子牛を産んでいない＝乳を出さない牛）の餌やりをしている。

その別棟では、タロウという紀州犬のまざった白い犬が、つながれることなく棟内を歩きまわっていた。クッキーもタロウもこの牧場がある山の中に捨てられていた犬だ。タロウは拾われたときから右の後ろ足がないが、育成牛がつながれていた綱《つな》をはずしたとき、母曰《いわ》く、とても頭のいい犬で、何の不自由もなく三本足で生活している。母山の中で探し出して吠え、人間に知らせてくれたことがあったという。タロウは、仕事をしている傭平を見守るような距離を保っているが、傭平が呼びかけると一目散に駆け寄り、餌をもらっていた。祐弥は、三本足のタロウが牛舎や野原を自由に駆けまわっている姿を見るとちょっと胸がつまり、ここがとてもいい所だと思ってしまう。

餌やりがひと通り終わると搾乳作業になり、夕食の準備を終えた母が手伝いに入る。母が牛の乳房の清拭《せいしき》と乳頭の消毒をする役目で、父と遠藤さんと傭平が、牛の四つの乳首に搾乳機を取り付ける。搾乳機で吸い上げられた生乳は、牛舎の上にはりめぐらされた管を流れて大きなミルクタンクに集められる。

ここでもまた、祐弥は傭平を見直した。牛に最も近づく搾乳作業は、牛に慣れていないと怖い。後ろ足で蹴られたり踏まれたりすることはよくある。搾乳機を取り付けるために上体を屈《かが》めたとき、頭を蹴られて脳震盪《のうしんとう》を起こし、そのせいで来なくなったアルバイトもいる。でも、傭平はいっぱしの牧夫のように、嫌がる牛をなだめたりしながら手際よく搾乳機を取り付けている。搾乳量をチェックして、父と何か相談している。祐弥は久しぶりに父の笑顔を見た。孫と仕事の話ができてさぞかし楽しいことだろう。

七時すぎにはほとんどの仕事が終わり、片付けが始まった。傭平のおかげで牛糞かきから解放された母は、体力的にも余裕があるらしく、牛舎を竹箒《たけぼうき》でくまなく掃除し、牛のブラッシングなどもしている。そういった細かい仕事は母の役目だから、人手が減って母の負担が増えたり、牧場に何かトラブルがあって母の心身が思わしくなかったりすると、牛舎はあっという間に汚くなる。床は乾草だらけ、あちこちに蜘蛛《くも》の巣が張り、牛の尻に糞が固まって張り付いていたりする。だから、小さい頃から牛舎を見ている祐弥は、牛舎全体をぱっと見渡しただけで、今、牧場がうまくいっているのかそうでないのか、だいたいわかる。

今日見た限りでは、傭平は予想していた以上に牧場の仕事をこなし、父母とうまくやっているようだった。

何よりも、年寄りばかりが、むっつり、のそのそと働いていた暗い牛舎の中に、若い男がひとりいて、彼がてきぱきと働くことで、牛舎全体の風通しが良くなり、明るくなった感じがする。

祐弥は、赤ん坊の傭平が産院から退院して、初めて自分たちの住むマンションに来たときのことや、孫としてこの実家の居間の中心にいたときのことを思い出す。あのときの傭平は、我が家族にとって、未来そのものだった。

そして今も、傭平は牧場にとって、未来そのものなのだ。

もし傭平に嫉妬を感じているならば、後継者になるということではなく、彼が未来そのものであること、彼の持つまぶしい若さや可能性への嫉妬だろう。でも、その傭平を、未来を育てたのは、祐弥たち夫婦なのだ。

今更ながら、自分に子供がいてよかったと思う。そして、その喜びが祐弥を前向きな考えに導く。

子供が自らすすんで「家業を継ぎたい」と言うことは、親の生き方が子供に認められたという、親にとって最大の勲章《くんしょう》なのではないか。ならば、自分はその勲章を父に差し出せなかったが、代わりに息子が差し出してくれるなら、それはとてもうれしいことではないか。たとえ後を継いで失敗したとしても、その輝かしい勲章を受け取ったという事実は消えることがない。

祐弥は、傭平の就農に賛成することに決めた。牧場の経営者になるのはまだ先なのだから、まずは本腰を入れて働き、それが続くかどうかが問題だ。

傭平には、綾乃と話をするために一度東京へ帰り、それからまた富山に戻ったらどうかと提案することにした。

★

結局、傭平は東京に戻らなかった。三月になり、会社説明会やエントリーが始まるこの時期に東京にいないということは、就活しないという意思表示に等しい。綾乃は何度も連絡したらしいが、傭平は着信拒否にしていて、その怒りが祐弥に向けられる。

「このまま牧場で働いていれば、なし崩し的に私が折れるとでも思ってるのかしら。親にちゃんと志望理由や将来のビジョンも説明しないで話し合いから逃げてる人間が、牧場経営なんかできるわけないじゃない！　絶対失敗する！　あなただって、前はそう言ってたでしょ。どうしてこのままほっとくの？」

綾乃の言うことはいつも正しい。そして彼女は彼女なりのやり方で息子を心配し、愛しているのだと思う。傭平もそれはわかっていて、今はその正しさや愛情に巻き込まれたくないのではないか。その正しさや愛情は激しくて強くて、その面前に立たされたら、弱い傭平はすくんで身動きができなくなってしまうような気がする。だから、彼も彼なりのやり方で、母の庇護《ひご》の下から離れようとしているのではないか。

「ほっとくんじゃなくて、このまましばらく見守ろうってことだよ。せっかく傭平が自分からやりたいって言ったことなのに、初めから反対してその芽を摘んでしまうのは……」

「そうやってあなたはいつも物わかりのいい父親を演じる！　だから傭平は、困難にぶつかろうとしない、就活に一回失敗しただけであきらめるような男になったの。それで一番苦労するのは傭平なのよ！」

確かに、祐弥はひと世代前の父親たちに比べると威厳がない。仲良し親子になろうと気を遣い、子供に阿《おもね》るときさえある。でも、きつい物言いの母親がいたら、父親はそれとは逆の方向に行かざるを得ないじゃないか、ということは言えず、祐弥は黙る。

「ああそうか。あなたは就農に賛成することで、傭平を味方に引き入れたってわけね」

「別に傭平との関係は変わってない。急に仲良くなったりしないさ」

「……傭平が富山に居続けているのは、あなたと一緒に住むのがいやだからじゃないかと思ったの。だから一月頃に、こっちへ来ればって言ったのよ。でも、東京には戻らないの一点張りで……」

祐弥と綾乃は、別居して一年半になる。

綾乃は、祐弥が社内の既婚女性社員と五年間不倫していることを知ると、郊外にある一軒家を出て都心にマンションを借りた。それ以来、海外にいる娘から父に連絡が来ることはなく、母のマンションに行くかと思った息子は、なぜか家に留《とど》まってはいるものの、父と顔を合わせるのを避けるようになった。離婚する気のない祐弥は相手の女性と別れたが、社内不倫発覚によって出世争いからは脱落。一時期、男二人の家の中はひどい状態だった。

傭平が祐弥の実家に居着くようになったのは、自分の家の居心地が良くないせいもあるだろう。また、彼の就活がうまくいかなかったのは、親の不仲や別居が影響しているのかもしれない。祐弥の両親が別居のことを知っているせいか、綾乃は傭平に会いに富山へ行こうとしない。

家出した直後の綾乃は、離婚という言葉を口にしたが、傭平の就活が始まるとそっちに関心が移ってしまった。傭平のことについてしょっちゅう電話してくるとはいえ、現在、夫婦の今後については棚上げ状態である。

「もしかしたら傭平は、俺たちがまた同居するまで、東京に戻るつもりはないのかもしれない」

何気なく出てしまった言葉に、祐弥自身が驚く。大学生の息子がそんな子供っぽいことをするはずがないという思いと、案外、それが本心ではないかという思いが交錯《こうさく》する。

綾乃は「何なのそれ」と怒りを含んだ声を出す。

「まるで私が悪いような言い方じゃない。あなたこそ、自分がこれからどうすべきなのかよく考えてよね！」

電話を切られてしまった。

綾乃には一緒にやり直したいと言ったのだが、彼女は自宅に戻ってこない。自宅から彼女の会社までは片道一時間、今のマンションなら一駅。相変わらず残業は多いし、最近更年期で体がだるいと言っていたから、このままのほうが仕事をするには都合がいいのだろう。自宅は、広い庭付きの一軒家にこだわった祐弥が、都心に近い場所に住みたい綾乃の反対を押し切って買ったマイホームだから、子供二人が巣立ってしまえば、綾乃には執着がないのかもしれない。

これからどうしたいのか、祐弥は自問自答する。

仕事を終えて誰もいない一軒家に帰り、とりあえずテレビをつけて十七畳のＬＤＫでビールを飲んでいると、自分の人生は何だったのかという思いにかられる。今の状況は自業自得ではあるが、聖人君子の生き方をしたって、子供はいずれ出て行くものであり、夫婦のどちらかが亡くなれば、残ったほうは当然ひとりになるのだとも思う。

さみしいとかむなしいとかいうよりも、疲れを感じる。これからどうするかを決める気力が湧かない。いつのまにか、ぼーっとテレビを眺めていて、父と一緒だなと苦く笑う。

傭平が富山へ行ってしまったのは、こんなくたびれた父を見たくなかったからだろうか。

祐弥が来月のカレンダーを見ながら、夏休みがてら富山へ行こうかどうしようかと考えていた矢先、父、広紀が急死した。六月の蒸し暑い朝、食卓でコーヒーを飲んでいたときに傭平から連絡があった。

父は朝の搾乳中に気分が悪いと言って部屋で横になっていたが、母が様子を見に行くと嘔吐して気絶しており、あわてて救急車を呼んだという。救急車が来たときはすでに事切れており、虚血性心疾患による突然死ということだった。心肥大で糖尿病気味ではあったが、これまで大病をしたことがなかったから、祐弥はにわかには信じられなかった。

すぐに忌引《きび》き休暇を取って富山に向かったものの、長男が役に立ったのは喪主《もしゅ》の挨拶くらいだった。気丈な母は着々と葬儀の準備を進め、地元の葬式のやり方やしきたりを知らない祐弥が口をはさむ余地はあまりなかった。この土地では、葬儀のとき、式場の入口に遺族が立ち並んで弔問《ちょうもん》客を出迎えるのだが、綾乃も長男の嫁として、祐弥の隣で神妙に頭を下げていた。シンガポールにいる真緒は仕事で来られなかった。

綾乃がこの機会に傭平を連れ戻すのではないかと思ったが、祖父の棺《ひつぎ》が火葬炉に入るときに人目もはばからず号泣した我が子を見て何かを感じたのか、もとより葬式の直後にそんな話をするのも不人情と思ったのか、具体的な話は何もせず、告別式の二日後に東京へ帰った。いつもより口数が少なく、冷房が効いた部屋でもしきりに汗を拭いていて、体調もよくなかったようだ。祐弥の母には「傭平のことをよろしくお願いいたします」と頭を下げていったらしく、他にどんな会話が交わされたのかは知らないが、母は「あたしも綾乃さんくらいの年が一番しんどかったわ。あんた、いたわってあげんとあかんよ」と綾乃を気遣っていた。

祐弥は忌引き休暇と合わせて有休を取り、十日ほど実家に滞在することにした。葬儀を済ませるまでの間、一番の問題だった牛の世話は、母が地元の組合に頼んで酪農ヘルパーを優先して回してもらい、また、普段から乾草を倉庫から下ろす作業などを手伝ってもらっていた、近所の農家の人たちも応援に来てくれて、何とか乗り切った。しかし、日常に戻ると大きなトラブルが起こった。遠藤さんと傭平が喧嘩をして、遠藤さんが牧場を辞めてしまったのだ。

遠藤さんは、腰が悪いのを理由に重労働を避け、タバコ休憩に行けば三十分も戻ってこない不真面目な従業員ではあるが、長く勤めてくれていることもあって父は強く注意していなかった。それが傭平にはずっと不満だったのだが、父という重石《おもし》がなくなって怒りが爆発した。また、父亡き後の遠藤さんは「俺が大将」と思ったようであり、急に傭平にあれこれ指示を出して、それも傭平にはかちんときたらしい。

珍しく、母が傭平に怒った。

「遠藤さんがちっとも働かんがは私らもわかっとる。でも、そういう人でも雇わんとやっていけんがよ！　こんなとこにまともなもんは働きに来《こ》んし、アルバイトはすぐにやめる。酪農ヘルパーはお金がかかる。それに、遠藤さんのほうが年上ながやし、あんたに指示出すがは当たり前やろ。そりゃえらそうな言い方するけども、顔に出さんと、はいはい言うとけばよかったがいね」

融通の利かないところのある傭平には、なかなか難しい話だろう。とはいえ、ここでの傭平は新入社員なのだから、どんなに気に食わない上司でもまずは従うのが常道であり、父が亡くなった途端に傭平が反発したのは、自分が次の経営者であるという驕《おご》りもあったのではないか。

「おじいちゃんもおばあちゃんも甘いから、あの男がつけ上がるんだよ。僕にばっか牛糞かきやらせて、自分は全然やらないでタバコ吸ってて」

母が困った顔になる。傭平の不満ももっともなのだ。

「でも、何言うても、お父さんがおらんようになったこんなときに、牛の種付け（授精）やお産のこともよくわかっとる遠藤さんがおらんようになったら困る」

「おばあちゃんと僕でやればいい」

「……あんたじゃ頼りにならん」

母の突き放すような言い方に脩平はかなり傷ついたようで、言い返しもせずにどこかへ行ってしまった。

母によると、先月、夜中の二時に牛のお産が始まったことがあり、脩平が手伝いたいと言っていたから起こしたのに、結局起きて来ず、父と母の二人で出産を終えたという。

牛の出産というのは夜から明け方に多い。そろそろ産みそうな牛がいるとき、母は夜中でも、二時間おきくらいに牛舎へ牛の様子を見に行く。うつらうつらと寝ながらも、少しでも平生と違う鳴き声がすれば、飛び起きて牛舎に向かう。人間と同じで、正常分娩《ぶんべん》ならそれほど人手はかからないが、なかなか出産しないときは、大の大人が二人がかりで子牛の脚を荒縄で縛って引っ張り出す。お産に失敗すれば子牛も親牛も死なせてしまうことがあり、そうなると牧場の損失は大きい。

「遠藤さんの代わりなんてすぐに見つからないだろ。どうすんの?」

母は返事をしない。

家庭内のことはひとりで切り盛りしているが、牧場のことはほぼ父に頼りきりだった母。いつもおだやかで、亭主関白の父に黙って従い、父と喧嘩しているところも見たことがなかった。

その母は、最も信頼できる連れ合いを失って、途方に暮れているように見えた。

「遠藤さんは頼りになるんだろうけど、傭平とうまくいってないし、もういい年だろ。しばらくは酪農ヘルパーでしのいで、これをきっかけにちゃんと働いてくれる人を雇ったらどう？」

「そんな人、来る保証があるけ？　あんた、連れて来てくれる？　お父さんおらんようになって、私もう、どうしたらいいかわからん！」

母がいきなり泣き出してしまった。

これが、隠されていた事実を知るきっかけとなった。


年老いた父母が牧場を続けているのは、生計のためだけではなく、次男の雅巳の借金を返すためである。これについては、祐弥も嫌というほどわかっている。

大学を出て二十四歳で酪農家になった雅巳は、三十一歳のとき肉牛飼育にも乗り出し、その肉を使ったステーキレストランチェーンを開業しようとしたのだが、失敗した。共同経営者は夜逃げをして、雅巳には三千万円の借金だけが残った。こういう場合、雅巳は自己破産するという方法があるが、父が連帯保証人になっていたため、相澤家には借金を返済する義務が残った。父は保証協会と協議し、毎月少しずつの返済を約束することで、牧場や自宅の差し押さえから逃れることができたのだった。

その当時、祐弥は郊外に一軒家を建ててローンを組んだばかりであり、借金の返済を助けることができなかった。いや、実際は、雅巳が兄に少しも相談せず怪しい人物と共に事業を計画し、まんまとだまされたこと、また、あれほど弟の保証人になってはいけないと言っていたにもかかわらず、父が保証人になっていたことに、ひどく腹を立てていた。

雅巳は気が弱いくせに見栄っ張りなところがあり、両親から事業の話を聞けば聞くほど失敗する可能性が高いと思われたので、祐弥はやめるように助言していた。しかし、弟はやめず、父は後継ぎになってくれた弟に哀願《あいがん》され、連帯保証人の判を捺《お》してしまった。だから、弟の借金については助けたくなかったというのが本音である。

弟は事業に失敗して以来酒に溺《おぼ》れるようになり、最後はキャバクラの階段から落ちて亡くなった。弟は独身だったため、弟の死亡保険金は借金の返済にあてたというのを母から聞いたが、今まで借金について知らん顔していたのに、保険金が入った途端にいくらだったのかと尋ねるのも下衆《げす》な感じがして、詳しくは聞かなかった。

兄と弟は最後までよそよそしいまま、死に別れた。たとえ無謀だと言われても、兄の力を借りずに地元で一旗揚げたかった弟の気持ちを、祐弥が苦い後悔と共に理解できるようになったのは、ずっと後の話である。

その後も祐弥は、両親に対して、借金がいくら残っているのかを聞かなかった。テレビ局勤務という高給取りであり、かつ共働きなのだから、いくら住宅ローンを抱え二人の子供の教育費がかかろうとも、父母の抱える借金を助けることはできたはずだが、東京での生活を切り詰めてまで助けようとはしなかった。具体的な数字を聞かないことで、自分には関係ないこととしていた。父母が祐弥に「弟の借金返済を助けてくれ」と言ったことはなかったから、返済は順調に進んでいると思っていた。

傭平が牧場を継ぐと言い出したとき、弟の借金のことはすぐ頭に浮かんだ。祐弥は、払うべき残高はあと数百万くらいだろうと踏み、それくらいなら、これまで知らん顔していた罪滅ぼしも兼ねて自分が清算するつもりだった。その後で傭平に牧場を継がせ、牛舎の改築などは傭平が自らの采配《さいはい》でやればいいと考えていた。

ところが、父母は祐弥に本当のことを隠していた。

弟の実際の借金は五千万円だった。また、飼料代などの経費の高騰にもかかわらず、乳代が低く抑えられている業界的構造に加え、父母が心身共に老い、きめ細かく乳牛の管理ができなくなってきたことによって乳の生産量が減り続け、かなりの赤字を抱えていることもわかった。

書類などを集めて確認すると、現在の借金総額はおよそ三千万円。

父の名義になっている自宅や乳牛六十頭を含む牧場を、母と祐弥が相続するためには、三千万円の借金も引き受けなければならない。逆に、借金から逃れるためには相続放棄するしかなく、ここの自宅も牧場もすべて手放さなくてはならない。母は、そしてクッキーとタロウも、住みなれた家を失うことになるのだ。

母にはほんの少しの貯金があるだけだから、牧場の存続は、祐弥が三千万円の借金を引き受けるかどうかにかかっていた。両親が弟の借金を低く言ったのは弟をかばう気持ちからであり、今の借金についても息子に心配をかけたくなかったというのがわかるから、今さら責めるつもりはなかった。ただ、呆《あき》れたのは事実だ。

法律に疎《うと》い母は、祐弥に説明してもらうことでようやく、自分が置かれている状況が正確にわかったようだった。

「祐弥どうしよう。私とお父さんとで守ってった牧場も家もみんななくなってしまう」

母が震える声で訴えたとき、祐弥は一瞬目をそらした。

「そう言われても……」

しまった、と思ったときは遅かった。母の気持ちがさーっと音を立てて引いていくのがはっきりとわかった。でも、何か言わなければならないと思うのに、言葉が出てこなかった。

「……わかった」

母は石ころを見るような目で息子を見るとすっと立ち上がり、部屋を出て行った。

昔、母から牧場を継ぐ気はないかと聞かれたときや、雅巳を助けてくれないかと言われたときも、祐弥は言葉を濁した。その気がないことをはっきり告げるほどドライにも悪者にもなれず、相手を喜ばせるために嘘をつくほど図太くもなれず、かといって、気をもたせるようなことを言ってうまく立ち回ることも潔《いさぎよ》しとしなかった。他人の前ではドライにも図太くもふるまえるのに、こと母の前では不器用に、中途半端な態度をとっていた。

甘え上手で安請け合いが得意な弟を、横で見ていたせいだろうか。

母がこれまで「借金返済を助けてくれ」と言わなかったのは、長男の情の薄さに気づいていたからではないか。そして今回のことで、長男は完璧に、頼りにならない男になってしまった。

祐弥は、三日後に東京へ帰るまでに「俺が三千万払うから」と言おうかどうしようか、死ぬほど考えた。

到底払えないような金額ならこんなに悩んだりはしない。祐弥の貯金に加えて退職金が出ることをあてにすれば、決して払えない金額ではないのだ。当然、老後の資金は相当減ってしまうが、自宅も年金もあり、体が動く限り働く覚悟があれば路頭に迷うことはないだろう。

しかし、冷静に考えれば、あの牧場で価値があるのは数頭の乳牛だけで（今いる牛の多くは、盛りを過ぎた乳量の少ない牛だという）、誰も買わない辺鄙《へんぴ》な山奥の土地と値段のつかない牛舎や家屋を残すために三千万を払うのは、常軌を逸している。第一、牧場を残したとしても、後継ぎの慵平が途中で投げ出せば、すべては水の泡なのだ。

綾乃に相談すれば反対されるのはわかりきっている。「あなたは長男の体面と母親のため、故郷への郷愁と家族への贖罪のため、金をドブに捨てるつもりなの？」くらいは言いかねない。夫婦の老後資金でもある三千万を借金返済に回すことで、愛想を尽《つ》かされ、今度こそ離婚されるかもしれない。慰謝料を請求されたら、自分にはあといくら残るのか？また、これが慵平のための援助でもあると考えるならば、真緒にも同じようにしてやらないと不公平になるだろう。

慵平に相談すれば、あいつも「相続放棄しよう」と言い出すような気がする。父が牧場存続のために三千万払えば、あの気弱な男は大いにプレッシャーを感じるだろう。そんななかで、彼は知り合いのいない田舎で、人を雇い、改築や設備投資などで新たな借金を背負い、牧場を続けることができるのか。そしてもし失敗したときに、大枚をはたいた自分は冷静でいられるのか。

　さりとて、もし相続放棄してこの家を失えば、母は二匹の犬と一緒にどこに住むのか。東京の自宅に引き取るのが普通だろうが、それで母は幸せになれるのか。傭平も夢をあきらめ、東京に戻って就活を始めればそれでいいのか。

　何より、祐弥自身はどうしたいのか。

　祐弥は、父ならきっと三千万払うと思った。自己責任などというけちくさい言葉を振り回さず、損得を超えて、たとえ正しくない選択であっても、それが家族を助けるためならば潔く引き受けるだろう。

　祐弥はそういう父が嫌いではなかった。愚かではあるけれど、男として格好いいとさえ思っていた。


　東京に帰る日の朝、牛舎では傭平と母と酪農ヘルパーが働いていた。相続のことはまだ何も聞いていない傭平は張り切って働いているが、母は仕事に身が入らないようだった。

　祐弥は、すべての仕事を終えた母と傭平を呼び、相続のことを改めて説明した。それから二人にはっきりと、「親族全員で相続放棄することにしたい」と言った。俺という男は、損得の秤《はかり》の目盛りをしっかり見て、正しいことを選び、決して無茶をしない凡人なのだと悟った。

★

相澤広紀の一周忌の法要は、朋子の希望により、富山にある相澤家の菩提寺《ぼだいじ》で行われた。六月も半ばに入ったのにまだ梅雨入り宣言が出されず、その日もよく晴れ、朋子、祐弥と綾乃、真緒と傭平、広紀の妹とその息子の計七人という、こぢんまりとした会になった。

母、朋子は現在、富山市郊外にある中古の小さな一軒家にクッキーと共に住んでいる。

タロウは、牧場から牛がいなくなると何かを察したのか、その日から行方不明になった。自由人ならぬ自由犬だから、一日中鎖に縛りつけられているよりは、たとえ食べることに苦労しても、山の中で走りまわっている暮らしのほうがいいのかもしれない。

相続放棄が決まると、母は、牧場や牛を手放すこともさることながら、自宅を失うということがよりせつなく、惨めに感じたようである。それを知っている集落の人たちのそばで暮らすことをいやがり、かといって東京に行くのも気が進まないようで、友人の近くに住むことを選んだ。

あんなに働き者だった母だから、仕事がなくなって一気に老け込んでしまうのではないかと心配したが、以前と同じように庭で野菜や花を育て、隣人に誘われてコーラスグループに参加したり友人と一緒に旅行に出かけたりして、今までできなかったことを存分に楽しんでいるようだった。

一周忌の打ち合わせで電話をしていたとき、母がしみじみと言った。

「ほんと言うと、私は一生牧場で働き続けて死んでいくがやと思って、ぞっとしたこともあったわいね。お父さんには悪いけど、こうしてまだ体が動くうちに牧場をやめることができて、旅行にも行けて、ありがたいわ。そう思たら、お父さん、死ぬ直前まで働いてかわいそうやったねえ」

「そうかもしれないけど、父さんは最後まで仕事ができて、長患《ながわずら》いせずにぱっと死んで、案外それで満足してるんじゃないかな」

「お父さんは、牧場がすべての人やったからねえ」

もし父が生きている間に牧場を手放すことになったとして、牧場なき後、父が何を生きがいにして毎日を生きていただろうかと想像するとつらいものがある。不謹慎だけど、父と母が逆でなくてよかったとも思う。しかも父は、次男や孫に「あなたの仕事を継ぎたい」と言われた勲章を胸に、この世を去ることができたのだ。あのとき、傭平を就活のために連れ戻さなくて本当によかった。

また、父母が守ってきた土地や家を手放したことで、母に怨《うら》まれてもしょうがないと思っていたけれど、母が新しい生活を楽しんでいるのを知って、罪悪感も少しは軽くなるのだった。

綾乃は今もマンション住まいで、祐弥とは別居継続中である。真緒がこの秋に同僚のアメリカ人と結婚することが決まり、今は娘の結婚準備に夢中で、夫婦の今後についても棚上げ継続中といったところである。少なくとも、定年で仕事をやめるまでは自宅に戻らないつもりのようであり、祐弥は、綾乃が健康で気持ちよく働けるならそれで構わないと思っている。

父の葬儀を終えて東京で綾乃に会ったとき、借金発覚から相続放棄のことまで全部伝えると、いつになく柔らかい声で言われた。

「ふうん、三千万出さないことに決めたんだ」

「もし出すって言ったら烈火のごとく怒るだろ？」

「まあね。でもあなたは、お父さんもお母さんも牧場のこともすっごく大事に思ってるから、出す可能性は大いにあったでしょう？」

「すっごく大事って……」祐弥は首を振る。「俺は冷たい人間なんだよ」

「冷たい人間ならそもそも悩まないでしょ。祐弥は牧場のことや雅巳さんのこと、ずーっと悩み続けてるっていうか、くよくよしっぱなしじゃない」

「え、俺そんなふうに見えてんの？」

「お母さんと電話した後とか、富山に行く前とか、いつも何だか暗いの。ああ、また考えてるんだろうなあって」

結婚して二十七年目の妻というのは、侮《あなど》れない。

「三千万円出せばそれがすっきりとなくなるのかもしれないけど、あなたのことだから、今度は牧場を継がせた傭平のことを心配し続け、これでよかったのかとくよくよするような気がする。でもね、それがあなたらしいっていうか、夫として信頼できるところでもあるのよね」

綾乃がしょうがないなあという感じで笑う。祐弥は、妻がもう許してくれているのではないかと思い、改めて詫びの言葉を言い、頭を下げて頼む。

「俺のところへ戻ってきてほしい」

「いやよ」

即答だった。

「しばらくひとり暮らしを楽しみたい。先のことはわからないし、年取ったらいろんなことがあるだろうから、今やりたいことは我慢しないことに決めたんだ」

そう言って、目の前にある血のしたたるようなステーキを大きめに切り、口に入れるとおいしそうに咀嚼した。

結婚二十七年目の妻というのは、手強く、難しい。

祐弥の実家を出た傭平は、東京の自宅に戻って就活し、今は北海道の十勝《とかち》にある農業法人で酪農スタッフとして働いている。そこは搾乳ロボットや自動給餌機も備えた全国でも有名な大規模農場であり、あらゆる意味で祖父の牧場と違うところが面白いのだそうだ。

綾乃が「酪農に興味があるなら、末端で働くよりもアグリビジネスに就いたほうが将来性はある」とまた口をはさんだけれど、傭平は「生産者は末端じゃなくて中心だよ」ときっぱり言った。

「いろんな牧場で働いて、もう少し牛のことや酪農のことを勉強したい。できれば海外の牧場でも働いてみたい。それって、おじいちゃんの夢だったんだよ。そういうなかで、これからの持続可能な酪農とはどういうものなのか、机上《きじょう》の学問ではなくて生産の現場から考えてみたい」

と将来のビジョンを語り、綾乃はもう何も言わないことに決めたようだった。

法要の後、昼食を兼ねてのお斎《とき》を済ませると、叔母さんといとこはいとこの運転する車で帰り、あとの五人はカローラ フィールダーで母の家に向かった。妻と子供たちはそこで一服して、夕方には富山を発《た》つ予定である。

傭平が運転し、後部座席は女三人がぎゅうぎゅう詰めだったが、女たちはずっとしゃべり通しだった。真緒は東京とシンガポールとアメリカの三ヶ所で結婚披露宴をやるつもりでいて、「おばあちゃん、東京だけじゃなくてアメリカの披露宴にも来てよ」としきりに勧めていた。

家に着くと、和装で式を挙げたいという真緒のために、母が自分の持っている筥迫《はこせこ》を見せることになっていたようで、母は早速押入れの中をごそごそと探し始め、綾乃と真緒はそれを手伝った。

祐弥と傭平が別室で黒のスーツから普段着に着替えていると、傭平が急に思いついたように言った。

「お父さん、これから一緒に牧場見に行かない?」

「あっ、そうだな。行こう行こう」

ひとりで勝手に行くことだってできるのに、父を誘ってくれたことが、祐弥はうれしかった。

新幹線に乗るまであと三時間ほどなので、すぐに車に乗る。三人の女性たちにもいちおう声をかけたが、母の部屋は着物や帯が広げられていて、綾乃や真緒はそちらに夢中、母も「あんたらで行ってこられ」と快く送り出してくれた。

傭平は、市街地を走っているときは自分の職場の話などをぽつぽつと話したが、山へと向かうのぼり道に入ると無口になった。祐弥も、空家になった牧場が今どうなっているのかを想像し、もしあの土地が人手に渡ったら牧場を見るのはこれで最後かもしれないと考えると、口数が少なくなってしまうのだった。

強い日差しの下にあらわれた牛舎は、さらに赤茶色の錆が目立ち、生き生きとした姿を知っている祐弥からすれば、骨と皮だけになって打ち捨てられた死体のようだった。扉には太い鎖が巻かれていて中に入れず、隣の自宅の周囲は雑草が一メートル以上の高さで生い茂り、玄関に近づくことさえできなかった。

「ちぇっ、見えねー」

傭平が高い所にあるガラス窓の枠によじのぼったものの、窓が汚れていて中が見えず、あきらめて飛び降りた。その一連の動きが小気味良く、いかにも毎日体を動かしている若者らしい。傭平はどうしても中が見たいのか、あちこちの壁の穴をのぞいたりしている。

息子の動作を見ているうちに、故郷の家や土地をなくした感傷が少し薄まっていく。

「お父さん」

牛舎のまわりを一周した後、南側で立ち止まった傭平が手招きするので、そちらに行く。二人で、ヒノキの竿の前に立つ。

「天気のいいときなんか、朝の搾乳の前に、おじいちゃんとここに座って、おばあちゃんが沸かしてくれた生乳を飲んだんだよね。おじいちゃんが、おれはここから見下ろす朝の景色が一番好きなんだよ、って」

「へえ、そういうしゃれたこと言うんだ」

父が眺めたという景色は、今は荒れ果てた野原が広がるだけで、そこに父が何を感じていたのかはわからない。ただ、口下手同士の祖父と孫がそういう時間を持っていたことを、微笑ましく感じた。

「この鯉のぼりの竿の話も聞いた。おじいちゃんが子供のときは、おじいちゃんのお父さんが音頭を取って、近所の人総出で縄を引っ張って竿を立てたんだって。だからおじいちゃんは、お父さんや雅巳おじさんが生まれたときもそうしたんでしょ」

「ああ、ここに引っ越してくる前の話だな。俺と雅巳の分で二本の竿を立てたんだよ。それで、こっちに来たら、せっかくこんな広い場所なんだから、もっとでっかい鯉のぼりを泳がせようって」

最近は、やたらとたくさんの鯉を吊り下げるイベントが増えているが、吹き流しと三匹の鯉がすっきりと大空を泳いでいる姿は、なかなか美しいものなのだ。

「お父さんはさ、今の家で、僕の鯉のぼりの竿を立てたよね。うちのも、でっかかった！　それだけでうれしかったな。おじいちゃんはその写真見たとき『あいつ、かなり無理して一軒家買ったのは、これを俺に見せたかったからじゃないかな』って思ったんだって。やっぱ、そうなの？」

「……まあな」

祐弥は、誰に見られることなくとも、堂々と、すっくと立っているヒノキの竿を見上げる。

鯉のぼりは、鯉がなければ意味がないはずだ。しかし、祐弥は自分が親になり、自分で竿を立ててみて初めて、この竿こそが大事なんだと思った。

男児が生まれたという、素朴でまっすぐな喜びが、天に向かって伸びている。

これは男親じゃないとわからない気持ちではないだろうか。

男女差別などという理屈は抜きにして、父が息子を持つ喜びというのは、母が娘を持つのと同じように、仲間が増えたような、特別な感慨があるのではないか。

「僕も息子が生まれたら、こういう木の竿立てて、でっかい鯉のぼり泳がせたいな」

傭平は軽い感じで言ったけれど、祐弥は驚きと同時に胸がいっぱいになった。

自分も、勲章らしきものをもらったのだ。

「それは相当稼がないと。ってか、その前に相手見つけないと」

こっちも軽く返した。

「そう。だからまあ、気長に待ってください」

慵平が祐弥の肩をぽんぽんと叩く。もう慵平は、上目遣いをする癖がなくなった。

「おじいちゃんも気長に待ってるだろうね」

祐弥が竿に手をやり、父と息子は、その竿の先にいる祖父を思った。

若女将になりたい！

ぽちゃ……

ぽちょ……

小さな入り江に囲まれた、波ひとつない海。その、のったりと広がるくすんだ浅縹色《あさはなだいろ》の水を、港に係留されている漁船の舳先《へさき》がのんびりとゆらしている。ひそやかで、かすかな、愛らしい音。

春の終わりの日差しはあたたかく、目の前にある常夜燈の石の色も、いつもより薄いピンクを帯びた象牙《ぞうげ》色に見える。入り江のすぐそばに置かれた木のベンチに座っている神原《かんばら》範之《のりゆき》は、うとうとしながら、「もしかしたら、宮崎駿《みやざきはやお》監督はこの音を無意識下で聞いていて、それであの魚の子に『ポニョ』なんて名前をつけたのかもしれないな」と思う。

入り江に沿ってぐるりと小さな民家が立ち並ぶ、真昼間の町の中にいるのに、水面《みなも》の動く音しか聞こえない。ゴールデンウィーク前の平日で、観光客がほとんどいないせいもあるだろう。何より、この入り江の周辺の道はあまりに狭くて、自動車が行き来することができないのだ。

まっさらの画用紙であれば薄く細い線でもくっきりと見えるように、耳をすまさなくても、その小さなまるみのある水音が、雑音のない空気を通り抜けて届いてくる。

三月まで住んでいた東京の用賀《ようが》では、首都高速や環八通り《かんぱちどお》が近いせいもあって、一歩外に出ればどこにいても、広大な砧《きぬた》公園の中ですら、遠くからかすかに車の走る音が聞こえていた。ほこりっぽい、霞《かすみ》のような音のかたまり。それが消えていることに気づくと、体のすみずみまできれいになったような気がした。

こんなささいなことがうれしく、ほっとするのだから、やっぱり都会暮らしが向いていなかったのだろう。

ドサッという音がしたので、目を開け、うつむいていた顔を上げる。範之の座っているベンチの端に、スマホを片手にデイパックをしょった学生と思《おぼ》しき男性が座っていて、目が合う。

その男性は範之を見た途端、落ち着きがなくなり、座ったばかりなのにベンチから腰を上げると、すうっと立ち去ってしまった。

て歩き出す。

範之はそれを黙って見送る。ま、いっか、とつぶやいてから、彼とは逆の方向へ向かっ

土産物屋などが並ぶ細い路地を抜け、車が通れる少し広い道へ出る。ぷらぷらと歩いているると、後ろからクラクションが鳴らされた。

この辺は高齢者や観光客が歩いていることが多く、歩行者優先が徹底しているから、人に対してクラクションが鳴ることはめったにない。振り向くと、白い営業車の運転席の窓から日焼けした顔がひょいと出て、「おい、次期社長！」と声をかけられた。

「あ、コウちゃん」

範之はちょっとだけ緊張する。コウちゃんは小学校のときの同級生で、現在は彼の父親が経営している不動産屋に勤めている。小学生のときから、ガキ大将だったコウちゃんに「次期社長」とからかわれ、昔も、二十七歳になった今もちっともうれしくないが、やめてほしいと言ったことはない。

「何でわざわざそんな格好で歩きょうるん？　アピール？」

「ううん、散歩してるだけ……」

範之は散歩が好きなのだ。でもここでは、用もないのに外を歩いている地元の若者など、まず見かけることはない。

「お前、勇気あるなー。まっ、がんばってぇな」

そう言うと、ものすごいスピードで走り去った。この土地の人たちは全体的に温厚だけど、車の運転は荒い。

コウちゃんの言った「勇気」という言葉は、まったく自分に似合わない。自分という人間は本来、事なかれ主義の臆病者なのだ。

こうして、髪を肩まで伸ばし、メイクをして、ロングスカートを穿《は》いていることは、勇気があるということとは全然違う問題なのだと思う。

いつの頃からか、特に強烈な体験があったわけでもなく、少しずつ、男性であることが不自然で、窮屈で、嫌になってきた。だから、自分の中身が女性であることを隠すことはやめて、女性の格好をした。すると、息苦しい着ぐるみを脱いですっきりしたような、解放感と喜びがあった。もちろん、他人の視線に傷つくことがないと言ったら嘘になるけれど、そういうもののやり過ごし方も身についてきた。

歩いているとスマホが鳴った。

「ぼっちゃん、どこにおってんですか？　早《はよ》う戻ってください！」

「うん、わかった」

七十三歳のベテラン仲居である喜代子《きよこ》さんは、文字入力に時間がかかるので、急ぐときは電話である。

範之は小走りしながらまた入り江に戻り、海を望むように立っている古い旅館「潮待《ちようたい》閣《かく》」の裏手にまわる。この旅館が範之の新しい職場であり、範之の父・春夫《はるお》はここの社長である。

「潮待閣」は、明治四十二年に創業された百年以上の歴史を誇る老舗《しにせ》で、創業当初は十二室、現在は十七室の、収容人数も五十人程度の小さい旅館である。道路に面している、大正時代に建てられた木造三階建ての旧館と、昭和時代に増築した新館があり、どちらの客室も二十年前から少しずつ、昔の建材や意匠《い》を活かした改装を行っている。

範之は従業員用の裏口ではなく、ゴミ出し用の勝手口へ行く。

空色のマキシワンピースを着た馬場《ばば》みずきが、立ったままマールボロを吸っていた。遅番に入る前の一服なのだろう。今までデートしていたのか、栗色に染めた髪はアイロンでゆるふわに巻かれ、つけまもばっちり、リップも青みの強いローズ系でキュートだ。高校卒業後、二十歳で入社した正社員であり、おじさん人気ナンバーワンの仲居なのだが、仕事中もよくタバコ（電子じゃないほう）を吸っている。

「あー、お疲れー」

ぞんざいな口調で挨拶される。

馬場さんは、お客様とオトコ以外には無駄な愛想を振りまかないというわかりやすいタイプだ。だから、雑な対応をされると女性だと認められているような気がして、うれしい。

「お疲れ様です」

先輩社員に対して礼儀正しく返事をして、勝手口から中に入る。

喜代子さんが待ち構えていた。

「もうぼっちゃん、遅いんじゃけえ……女将《おかみ》さん怒っとってですよ」

「ええっ、うまくごまかしてくれたんじゃないの？」

「私、女将さんとしゃべりとうないんです。事務所におってですけぇ」

喜代子さんが濃いピンク色の作務衣《さむえ》を差し出す。

「ありがと」

範之はその場でブラウスとスカートを脱ぎ捨てて作務衣に着替え、髪をゴムでひとつにまとめる。喜代子さんがすぐに脱いだ服を畳んでくれる。

「ねえ、女将さんと何かあったの？」

「もうええけぇ早う行って！」

仕方なく、事務所へ向かう。いつも機嫌よく働いている喜代子さんがむすっとしているのが珍しく、「ぼっ、ぼっちゃんはやめて」と言う機会をまた逃してしまったけれど、ま、いっか。

事務所のドアを開けると、上品なスーツに身を包んだこの旅館の女将、つまり範之の母である千代《ちよ》が、パソコンから目を離してこちらをにらんだ。今日は広島で「おかみの会」の会合があると言っていたから、その後は祖母のいるサ高住《こうじゅう》（サービス付き高齢者向け住宅）に寄るのだろうと思っていたのに、すぐにこちらへ戻って来たらしい。

「またサボってたんですね」

ぴしゃりと言われた。

「……すみません」

言い訳するのが面倒なので、すぐにあやまる。

「あなたは昔から、勉強してるのかと思って部屋をのぞいたらゲームばっかりしてました。まったく、誰に似たんでしょう」

女将が眉間に皺《しわ》を寄せる。

半年前、範之が女性の服装で帰省し、両親に「若女将になりたい」と告げたとき、真っ先に反対したのが母だった。しかし父が、「まずは従業員として働いてみりゃあええが」と取り成してくれた。そこで範之は会社をやめ、四月から「潮待閣」で働き始めたのだ。

ただ、範之はメイクをして女性用の作務衣を着ることだけは、絶対に譲らなかった。すると、母はシンデレラの継母のように、人前に出ない裏方の仕事だけを、四六時中、次から次へと命じたのだった。

「私がこの旅館に嫁いだときは、サボるなんてもってのほか、まわりの人の言うことには絶対に逆らわず、寝る間も惜しんで仕事を覚えようとしました」

「はあ……」

若い頃の母は「雑巾がけをしない女将さんにはなりたくない」と言って、裏方の仕事はすべて経験したという。だから、女将修業中だと思っている範之も、裏方の仕事をすることに対してまったく不満はない。ただ、休憩する暇も与えてもらえないから、自主的にサボって体力を温存することにしている。無理して倒れたり、旅館の仕事が嫌いになったりしたら、それこそ女将の思うつぼである。

「それからあなたね、玄関まわりの清掃はもうしなくていいです。他の人にやってもらいますから」

範之は今朝のことを思い出す。六時頃、玄関に活けてあった牡丹《ぼたん》の花びらが散っていたので掃除をしていたら、六十代の夫婦が散歩のためにあらわれたのだった。「おはようございます」と挨拶すると、妻のほうはにこやかに挨拶を返してくれたが、夫は釈然としない顔つきだった。

「私は、ほんの少しでも、お客様の前に出てはいけないんでしょうか？」

真面目に尋ねると、女将は平然と、そうよ、と返した。

「お客様はここへくつろぎに来られるんです。女の格好をしたあなたがいることで、お客様にかえって気を遣わせてしまったり、仲の良いご夫婦が言い争ってしまったりするのだったら、あなたを引っ込めるしかありません」

範之は、見た目がキモいからと言われるより、こたえた。でも、だからこそ、自分の外見について珍しくむきになった。

「だったら、私がごく自然に、女性に見えればいいんですよね？」

女将は唖然とした表情で範之を見た。

「そんなの無理にきまってるでしょう」

「そんなことないです。私は楽しく仕事がしたいんです。お客様に姿を見られないように、こそこそ隠れて仕事をするなんてイヤです」

「イヤならやめなさい」

「やめません」

範之はそれだけ言うと、女将をじっとりと見つめ続ける。

「じゃあ……あさって、秋山《あきやま》先生がいらっしゃるから、先生があなたのことを『女には見えない』っておっしゃったら、女の格好するのはきっぱりとあきらめなさい」

常連客である秋山吾郎《ごろう》先生は、今年退官が決まっている、地質学の大学教授である。

「えーっ、あさってなんて早すぎ！」

「一日あれば充分です」

「……女将さん、裏で小細工とかしないでくださいね」

「そんなことしません、どうせできっこないんですから」

範之は、そう言いながらも困ったことになったと思った。あさってまでにごく自然に女性に見える方法なんて、全然わからなかった。


範之のまわりで、最も女のプロフェッショナルだと思うのは、馬場さんだった。彼女を探すと、勝手口でまたタバコを吸っていた。

作務衣姿の彼女に声をかける。

「あの、折り入ってお願いがあるのですが」

あさってまでにどうしても女性に見えるように変身したいので、助けて欲しいと頭を下げた。女性用の濃いピンク色の作務衣はそのままだから（胸パッド入りのブラジャーも着用済み）、変身するならば、首から上を変えるしかない。

馬場さんが範之の顔全体を舐《な》めるように見る。範之は「やだもう恥ずかしいっ！」と言いたいのをこらえる。

「必ずうちの言うとおりにする？」

そう言って、にやっと笑った。いやな予感がする。

「すみません、私、大阪のおばちゃんみたいなパンチパーマだけは……」

「でも、神原さんは丸顔で小太りじゃけえ、そっちの方向じゃろう」

気にしているところをズバッと言われるが、馬場さんの冷静な口調に嫌味や悪意は感じられない。範之は小さい頃から喜代子さんに、『水戸黄門《みとこうもん》』に出てくるうっかり八兵衛《はちべえ》にそっくりだと言われている。

「うちの姉ちゃん、美容師をしようるんじゃけど、明日、一緒に行く？」

「え、いいんですか？　うれしい！」

そして次の日、福山《ふくやま》市内にある美容室に行き、髪を切り、時間をかけてカラーリングした。メイクも教えてもらった。

そして翌日、秋山先生がいらしたときに、範之はフロントの横に立ってお辞儀した。彼は範之を見ても特に表情を変えることなく「お世話になります」と会釈した。後で聞いたことだが、秋山先生は「彼女、女優の藤田弓子《ふじたゆみこ》さんに似とるな」と言ったという。

要するに、グレイヘアをショートカットにした気のいい中高年女性、という体《てい》になったのだった。まだ二十代の範之としては複雑な気分だったが、ごく普通の女性として、みんなの視線が留まることなく自然にスルーしていくのは快感だった。喜代子さんも「若いのにうまいこと老けたなぁ。昔の樹木希林《ききききりん》さんみたいなが」とほめてくれた。

女将は、変身した範之を見ても何も言わなかった。ところが、範之は女性に見える自信があったので、勝った！　と心の中でガッツポーズをした。女将がふいに悲しそうな顔になったので、母としての彼女に対しては申し訳ない気持ちになった。

それでも、旅館で働き続けるにはこうするしかないのだった。

★

せっかく女性に見えるようになったのに、女将は、範之が仲居として接客することを許さなかった。声を聞けば、やっぱり男性だとわかってしまうからしょうがない。それに、お客様よりもまずは正社員やパートの人たちに、女性としての範之を受け入れてもらうほうが大事だった。

旅館の従業員というのは、勤め人だけど個人事業主的というか、出世競争というものがほぼないせいか、社長の息子だからといってぺこぺこする人なんかいない。板前さんなどの男性スタッフのなかには、女性の格好をした範之を完全無視する人もいる。だからまず、女性スタッフと仲良くなろうとした。

「潮待閣」では、最近ようやく、仲居が客室担当や食事のお運びだけでなく掃除や皿洗いなどもする、マルチタスクを採用するようになった。範之は、最初の一ヶ月の午前中の二時間、研修と称して先輩の仲居と二人一組で客室掃除をすることになったので(通常は、一部屋を仲居一人で掃除をする)、そのときになるべく相手と話すようにした。範之には、仕事が終わった後で彼女たちと食事したり呑んだりする時間も余裕もなかったし、休憩室のようにいろんな従業員の目がある場所では、すすんで範之に話しかけてくる人もいなかった。だから、ひとりひとりと、客室掃除をしながら会話をするのが、一番手っ取り早く近づける方法だった。

女性である範之に興味を持つ人は、どうして? いつから? というあるある質問をしてくるので、おっくうがらずに答えるようにした。でも、三人の子供がいる五十代の福島《ふくしま》さんみたいに「女として生きたいなら東京にいればいいのに、わざわざ地元に帰ってきて親を困らせるなんて信じらんない」と遠慮なしに言う人もいる。まあ、確かにそうなので反論はしない。

客室掃除の大まかな流れとしては、まず、客室にあるテーブルをたてかけ、座布団を重ね、大きなゴミなどを片付ける。このときに忘れ物がないかをチェック。それから窓ガラスを拭き、掃除機をかけ、床の間などを拭き清める。次のお客様の人数を確認してから、またテーブルや座布団をセットし、備品や浴衣などを補充して終了。座布団の置き方や、拭き掃除に使うクロスの使い分けなど、ひとつひとつに細かいマニュアルがあり、時間も一人一部屋あたり三十分以内と決まっている。

照明器具などの時間がかかるところ、手袋や作業着を着用して清掃するトイレや浴室などの水回りは、他の仲居がまとめてやることになっている。そういう担当はローテーションを組んでいるのだが、高齢の喜代子さんは、高い所を拭いてふらついたり浴室ですべったりするという危険があるので、トイレ掃除だけをやっている。

マルチタスクを導入したとき、古参の従業員のなかには「私は仲居ですけぇトイレ掃除なんかしとうないですわ」と言って辞めた人もいたという。喜代子さんは「私ばぁ楽な掃除をやらせてもろうてありがたいわ」と言っている。ちなみに、ひどく汚れているときは社長の出番で（今は範之の担当）、それは昔からそういうものなのだという。

ところが先日、従業員の生産性向上を目標に掲げている女将が、喜代子さんへ、掃除に時間がかかりすぎると注意したらしい。

喜代子さんが不機嫌だった原因は、それだったのだ。

「手抜きしてパパッとやるより、丁寧にやるほうがええじゃないですかって言うたら、喜代子さんのは丁寧じゃのうて単にのろいんよって言われたんですよ！　昔はあんな人じゃなかったのに、最近は無駄をはぶけとか、急いでやれとか、そんなことばぁ。もうね、私みたいな年寄りは必要ないんですよ」

「そんなことないよ。喜代子さんはこの旅館の生き字引みたいな人なんだし、喜代子さんに会いに来るお客様だっているんだから」

女将が彼女にきつく当たるのは、範之のせいのような気もする。

喜代子さんは「ぼっちゃんが『自分は女性』だと言うてんなら、私もぼっちゃんを女性だと思うようにします」と宣言し、スカート姿でもごく普通に接してくれる（でも、ぼっちゃんという呼び方は変わらない）。他の従業員には「ぼっちゃんに変なことしたら、この喜代子が黙っとらんけぇね」とにらみをきかせているらしく、そのせいか、今のところひどいいじめにはあってない。そういうところが、女将には面白くないのかもしれない。

女将は、馬場さんがよくタバコ休憩していることも目の敵《かたき》にしている。でも、馬場さんと一緒に仕事をしてみると、彼女の掃除に対する集中力は並大抵ではないことがわかる。何をするのも実に手早いが、それでいて仕上がりもきれいなのである。

女将から「一部屋を二十分で終えられるんだから、残りの時間は他の人を手伝ってください」と言われると「うちは外でタバコをゆっくり吸いたいけぇ、人よりも頑張って、頭使って工夫して、二十分で終えるようにしとるんです。他の人の手伝いはしません」ときっぱり断り、女将と険悪な関係になっている。

最近では、喫煙者を採用しない大手リゾート企業もある。「馬場みずきは喫煙者だから女将が採用をしぶったが、見た目が良いので社長が採《と》った」という噂もある。範之は、決して隠れタバコなどせず、作業をきっちりと早く終え、屋外で堂々とタバコ休憩をしている馬場さんを筋の通った人だと思う。

「潮待閣」は火気について非常に注意している。特に、旧館は木造建築で登録有形文化財にもなっているので、全館禁煙である。

この建物が今では一番のセールスポイントであり、国内だけでなく海外からの観光客にも好評なのだが、バブルの時代は、こんなおんぼろ旅館は見向きもされず、苦しい経営が続いていた。

その当時まだ生きていた祖父は、旅館の鉄筋化、大型化、ホテル化に背を向け、愚直に木造建築を守った。と言えば聞こえはいいが、実際は、時流に乗ることができなかっただけらしい。

やがて、世の中の風向きが変わり、古い木造建築が見直されるようになった。祖父や祖母が相次いで亡くなったので、父が社長に就任し母が女将になると、少しずつ客も増えてきた。さらに母の肝煎《きもい》りで客室の改装に着手して大浴場の全面改築も行うと、売り上げが一気に上がったのだった。

範之が幼稚園の頃は、母が旅館の休憩室に範之を置いて仕事をしていたので、従業員によく遊んでもらった。その頃から、男性従業員とキャッチボールをするより、喜代子さんの横に座って仲居さんたちの世間話を聞いているほうが楽しかった。

旅館の休憩室の居心地は良かったけれど、眺めのいい大通りの海沿いに立つ、大きくてピカピカなホテルが子供心にもうらやましく、古くさい旅館の後を継ぎたいとは思わなかった。

それでも、父に勧められ、観光学科のある東京の大学に入学、卒業後はホテルに就職。最初の一年は現場でサービス業務を経験し、その後、会議や宴会利用を企業に売り込む法人営業を三年担当した。

営業の仕事はやりがいがあったが、それでも、毎朝スーツを着ようとするたびにどんよりとした気分になった。サラリーマンとして働き続けるならば、定年になるまで男の服を着ざるを得ないだろう。でも家業を継げば、自分らしい格好ができるのではないかと思った。

親の仕事をそばで見ていて、旅館の仕事は大変だと思ったが、嫌いだとかやりたくないとか思ったことはない。だから、女性の格好をしたいから仕方なく家業を継ぐことにしたわけではない。

心から若女将になりたいと思った。

けれども、父が反対したら、すっぱりとあきらめるつもりだった。

範之はUターンして旅館を継ぐことを決めたとき、六つ違いの弟の晶《あきら》に連絡を入れた。晶は大阪にある美術系の大学の三年生で、画家になりたいなどと言いつつ遊んでばかりいる、範之以上にちゃらんぽらんな男である。

「へえ、もうあっちに帰るん。つまらなそうじゃな」

弟は、兄にも家業にもあまり関心がないようだった。しかし、範之がたったひとりの弟にはあらかじめ伝えておいたほうがいいだろうと思い、「私の中身は女性なので、これからは女性の格好で生きることにしました」と言うと、俄然《がぜん》、食いついてきた。

「うそぉ！　えっ、えっ、じゃあ、手術したん？」

「まだしてない。それについては検討中」

「彼氏おるん？　同性婚とかするん？　着物とか着てＩＫＫＯさんみたいになるん？　どんだけ〜！　すごすぎ〜！」

ひとりで興奮して、はしゃぎ始めた。

「兄ちゃんさ、父さんと母さんが認めるのはかなり難しいと思うで。でも、俺は応援するけぇ。男だって女将になる時代じゃもんな〜」

範之は、そんな晶に対して一抹の不安はあったものの、女性になるという兄を否定したり拒絶したりしないだけでもありがたい、と思うことにした。

ところが、弟はツイッター（Ｘ《エックス》）で、兄が女性として生きていることを勝手に暴露（アウティング）した。コウちゃんの弟が晶と友達なので、コウちゃんが教えてくれたのだった。

「俺の兄貴は若女将じゃなくてカマ女将〜、とかつぶやいとったで。旅館の名前もバンバン出して、けっこう拡散しとる」

「あーやっちゃったかー」

範之は、自分が性同一性障害であると明らかになることについてはあまり気にしなかった。弟のように、アウティングの問題について無知だったり、悪気はないけれど偏見丸出しの言葉を使ったりする人がいるのもわかっている。ただ、「潮待閣」とセットで広まることによって、旅館にどんな影響を及ぼすのかが心配だった。

結局、範之の周囲で大騒ぎになり、母が激怒して弟の一連のツイート（ポスト）は削除されたものの、たかが一大学生のつぶやきに過ぎないので、客足にそれほどの変化はなかった。その一方で、どこでどう情報が流れたのか、関西のテレビ局から若女将を取材したいという申し込みがあった。

その電話を受けたのは、社長である父だった。もし女将が受けていたら「うちには若女将などいません！」と怒鳴って、電話を叩き切っていたに違いない。

社長は女将に話す前に、範之に「どうしたいん？」と尋ねた。

五十七歳の女将がどんどん貫禄と迫力を増しているのに対し、七十二歳の社長は髪が抜けて上の歯も総入れ歯になり、このごろますますおじいちゃんっぽくなってきている。

社長は経営担当、女将は運営担当ということになっているが、社長は営業をしたり組合の会合に出たりするのがあまり好きではなく、旅館内で庭仕事や大工仕事をしていることが多い。

「社長が宣伝のために取材を受けたほうがいいとおっしゃるなら受けますし、旅館のイメージダウンになるからやめろということでしたらそれに従います」

範之は、本当のことを言うと、テレビに出てみたかった。せっかく出るなら、今みたいな作務衣を着たおばちゃんの姿ではなく、年相応の髪型とメイクに戻して、びしっとシャネルっぽいスーツを着たい。

でも、父には、女性の格好をした範之が旅館で働くのを許してもらった恩義がある。だから父の言う通りにしようと思った。

「取材は、断ろうと思う」

範之はそれを聞いて、自分でも驚くほど心に痛みを感じた。やっぱり父も、女性の格好をした息子を恥ずかしいと思っているのだ。

「わかりました」

感情が爆発しそうになるのをこらえ、その場を離れようとした。

「ノリ、待ちぃ」

父が呼び止める。

「取材を断るんは、イメージダウンだからじゃない。違う理由じゃ」

範之は父に背中を向けたまま立ち止まる。

「ノリがテレビに出ることで、『潮待閣』は、ノリのような人たちに対して理解がある旅館だと思う人がおるかもしれん。でも、もしそういう人たちがお客様として来てくれちゃっても、うちはまだ、ハードの面でもソフトの面でも、受け入れられる体制が整っとらん。

……正直言って、私自身、ノリに対してまだ当たり前のように接することができんし……そんな状況じゃけえ、お客様をがっかりさせることになる可能性のほうが高い。時期尚早じゃと思う」

範之は、少しずつ冷静になる。団塊の世代である父が、女性の格好をした息子をすぐに受け入れられないのは当然だろう。それでも、父はそのことを正直に打ち明け、そこから先のことまで考えてくれているのだ。

「うん、そうだね……ありがとう」

顔を見せたくなくて、そのまま部屋を出た。

範之は久しぶりに、恋人の後藤実花《ごとうみか》へ電話した。毎日長電話したいのはやまやまだけど、二人とも仕事が忙しいので、普段は短いＬＩＮＥ交換で我慢している。

同い年の実花は大学時代のアカペラサークル仲間で、都内の外資系総合コンサルティング会社に勤めている。最初は気のあう友人という関係から始まり、範之が徐々に自分の中身を伝えていくと彼女もごく自然に受け入れ、それと並行して仲も深まっていった女性である。

つまり、範之は体は男性だけど中身は女性で、女性が恋愛対象のレズビアンであり、実花は体も中身も女性で、男性も女性も恋愛対象のバイセクシャルなのである。二人とも性欲でぎらぎらというより、おしゃべりしながらいちゃいちゃするのが好きなタイプだ。範之と実花は、結婚という形式にはこだわらないが、二人の血をひいた子供は欲しいと思っている。範之が手術どころかホルモン治療も始めていないのは、自分の精子によって子供をつくりたいからである。子供ができた後に治療を開始するかどうかは、まだ決めていない。

しかし範之は、両親に対して（もちろん弟にも）「実は女性の恋人がいて、子供もつくりたいと思っている」ということまでは話していない。そんなことを言えば、「やっぱりお前は男なんだよ」「それなら男として生きろ」と言われかねない。それに、実花が大切な人だからこそ、今の段階で彼女を巻き込みたくない。範之を女性だと認めてもらった上で、実花を紹介したいのだ。

「私、ノリちゃんがテレビ出るの、見たかったなあ」

「そうでしょう？　わたくし、もう出られないってわかってるのに、ネットで洋服買っちゃった。だって毎日肉体労働だから、一ヶ月で五キロもやせたのよ！」

「やだあ、ノリちゃんはぷくぷくして触り心地がいいところが最高なの。やせちゃだめ！」

「もうっ、実花さんたら」

こんなバカっぽい会話をするだけで、範之はその日の疲れが消えていく。実花と話すと き、範之は脳内で叶恭子《かのうきょうこ》になっている。

外見に関しては、どれだけ整形にお金をかけたって、うっかり八兵衛が叶恭子になれるわけがない。そのことはかえって範之を前向きにさせ、「私は私のままでいい」と思うようになった。そして、気持ちだけは恭子お姉さまになったつもりで、普通の人とは違う自分を否定したり、女性の格好をしている自分を卑下《ひげ》したりしないようにしている。

「それにしても、母とこれからどうやっていけばいいのかしら」

範之はぽそりとこぼす。女将である母が話しかけてくるのは、仕事を言いつけるときだけである。範之は実家ではなく旅館に住み込んでいるのだが、範之の部屋をのぞきに来たこともない。

「難しいよね……ノリちゃんのお母さんが、男のノリちゃんを愛していればいるほど、女になったノリちゃんのことを嫌うと思う。だって今のノリちゃんは『大好きな息子を抹殺《まっさつ》した憎いオネエ』なんだから」

「そんなに愛されてる感じはしなかったけど……」

「ノリちゃんさあ、冬に帰省すると、いつもお母さんが大好物のクロギの煮付けつくってくれたんでしょ。豆腐と一緒に煮て、肝が入ってるとめちゃおいしいんだって自慢してたじゃない。ほんと、息子って、母親からの愛情を当たり前に思ってるっていうか、鈍感なんだから。そういう意味では、ノリちゃんはまだまだ男なの！」

「まあっ、実花さん、ひどいっ」

口では怒ってみせるが、内心ではそうかもしれないと思った。

母親に反対されたりつらくあたられたりしてもそんなにこたえないのは、お互いが心底憎み合っているわけではなく、いつかはわかりあえるのではないかと思っているからなのかもしれない。

そしてそれは、母親に対する息子の甘えなのかもしれない。

★

範之が「潮待閣」で働き始めてから三ヶ月経ったが、その間、一日完全オフの休日はたった九日だった。週休二日など夢のまた夢、誰かが急に休んだときに代わりに出ることも多く、二週間以上連続で働き続けることもあった。ちなみに、労働組合はない。

女将の目を盗んでサボるようにはしているが、体のきつさよりも「身内だからいいように使われている」という理不尽さのほうが耐えられなくなった。

範之はついに事務所に乗り込んで、女将に訴えた。

「他の従業員さんと同じように休みたいとは言いません。でもせめて、一週間に必ず一日は完全休日にしてもらえないでしょうか」

「何甘えたことを言ってるんですか。昔は、女将といったら三百六十五日働いたものです。あなた、若女将になりたいんでしょう？　これくらい耐えられなくてどうするんです」

「無理です、できません」

女将は目をまるくした。

「私、すっごく不思議なんですけど、人に認めてもらいたいならば、人の何倍も努力するのが普通じゃないですか？　サボったり、すぐにできませんって言う、あなたのその神経が理解できません」

母が旅館を手伝い始めたとき、義母である先代女将はいなかったが、番頭さんをはじめ古参の仲居さんがたくさんいて、苦労していたのはそばで見ていた。母は芯が強くてガッツがあるから、それこそ人の何倍も働き、それによって従業員たちから女将と認めてもらえたのだろう。

そういう女将はすごいと思う。

でも、それとこれとは別。

認められたいという気持ちを利用してどんどん働かせるのは、やりがい搾取ならぬ、認められたい搾取ではないのかな？

母親が理不尽な苦労に耐えてきたのを見ているから、子供もそれを見習って耐えるというのは、暴力の連鎖ならぬ根性論の連鎖であって、そういうのは断ち切ったほうがいいんじゃないのかな？

「私は女将さんのようにはがんばれません。でも、きちんと休んで、この旅館で働き続けたいと思っているんです。休み、ください」

女将はふん、と鼻で笑った。

「女の格好をやめるなら、あなたの言う通りにします」

「そんな卑怯《ひきよう》な！」

「それ以外は聞きません！　以上！」

女将はさっさと事務所を出て行ってしまった。

従業員を束ねる女将は労務管理を学んでいるから、自分のほうが分《ぶ》が悪いことはわかっている。範之も、労働基準監督署に訴えたりはしない。社長に何とかして欲しいと訴える方法もあるが、それは範之自身が潔しとしない。これは完全に母子喧嘩なのだ。

母が意固地になっている以上、もう話し合いによる解決は無理だろう。でも、シンデレラのように耐え続けるつもりはない。

範之はがんばるのが苦手なのだが、女性の格好をするようになってからはますます、必要以上にがんばらないことにしている。

人並み以上に働かないと、ＭｔＦ（男から女）のトランスジェンダーである自分を認めてもらえないというのは、おかしいと思う。昭和の時代、女は男並みに働かないと認めてもらえなかったこともあったらしいが、それじゃあ、男並みに働けない女はみんな価値がないのかと言ったら、それは違うだろう。

多少能力が劣っていても、怠《なま》け者でも、まずは人として認めてもらいたいというのは、わがままなことなのだろうか。

こうなったら、女将を無視して勝手に休んでしまおうかと思ったのだが、気になる出来事が起こった。

女将と馬場さんの対立をめぐって、従業員がもめ始めたのだ。

事の発端は、接客している馬場さんに対してお客様から「タバコ臭い」というクレームが入り、女将がこれ幸いと馬場さんに禁煙を指導したのだった。馬場さんが「禁煙はちょっと無理じゃけえ、接客せん裏方の仕事だけをやらせてください」と頼むと、女将は「あなたは仲居として雇われているのであり、あなただけ特別扱いはできません。禁煙してください」と言ったのだが、馬場さんは「禁煙は無理」の一点張りだという。

タバコが嫌いな従業員、馬場さんを快く思っていない従業員は当然女将側で、「禁煙できんなんてただのわがままじゃろ」「タバコ休憩が多い人は迷惑」「そんな人はやめさせりゃあええ」と言い、最近はタバコに厳しいご時世なので、こちら側に付く人が圧倒的に多かった。

一方、喫煙者を含め、馬場さん側に付く人も少しはいた。

「きつくて汚れる裏方をやりたい人は少ないんじゃけえ、タバコくらい大目に見てあげりゃあええが」

「彼女は作業の段取りが上手で頭のええ子なんじゃけえ、こんなことでやめることになってしもうたらもったいない」

女将側に付く人は、タバコのことにこだわり、従業員というものは会社の命令に従うべきだと思っているのに対し、馬場さん側に付く人は、タバコの是非《ぜひ》よりも馬場さんの仕事ぶりに注目し、会社が従業員に対して柔軟に対応してもいいのではないかと思っているようだった。

範之は馬場さんにお願いして、喫茶店で会ってもらった。

お姉さんの美容室に一緒に行って以来、メイクやファッションのことはいろいろと教えてもらったが、仕事の愚痴などは聞いたことがなく、今もあまり話をしたくなさそうだった。

「馬場さんは『潮待閣』をやめてもいいって思ってるんですか？」

「どうじゃろうなぁ……」

そっぽを向いて、立て続けにタバコをふかしている。

この人はなかなか本音を言わない。

他の仲居の客室掃除を手伝わないのも、入社二年目の自分が手伝えば先輩女性のプライドを傷つけることになるという気遣いだというのは、喜代子さんに教えてもらった。

彼女の仕事ぶりを見ていれば、やめたくないのはわかっていた。

旧館の客室掃除をするとき、彼女はマニュアルにはない掃除を――障子の細い桟《さん》のほこりを全部払い、古い床柱をから拭き――していた。しかも建物全体を絶えずチェックして、壁の傷などに気づいたらすぐにこちらへ知らせてくれる。この旅館の建物を大切に思う心情が、手に取るように伝わってきた。

それに比べると接客は苦手なようで、客室からバックヤードに戻ってくるときの顔つきは、掃除をしているときのような溌剌《はつらつ》とした感じがなく、いつも不機嫌そうだった。

「まあ、女将さんから禁煙できんのんならやめろって言われたら、やめるしかないけぇな」

馬場さんがふと弱気な表情になり、範之は胸がきゅんとする。この子を守らなきゃいけないという思いが湧き上がった。

「そんなことない！　わたくし、馬場さんにやめて欲しくない、いえ、絶対にやめさせないわ！」

興奮して叶恭子になってしまった。

「あ……オネエ言葉しゃべるんじゃね」

オネエではなく叶恭子なの、と言いたいところだがやめておく。

「……すいません。引きますよね」

「いや。ずっと女だと思って話しょうるし」

馬場さんがさらりと言う。範之はますます、この不器用だけど邪《よこしま》な心のない人をやめさせてはならないと思う。

「今回のこと、私はタバコの問題じゃないって思ってるんです。馬場さんの一番の希望は、接客の仕事がどうにも向いてないので、裏方だけやりたいってことじゃないんですか？」

「……まあなぁ」

「裏方専門ならストレスが減って、タバコも減るんじゃないですか？」

「……かもなぁ」

馬場さんが小さく笑った。

範之はそれだけ確認できれば充分だった。

馬場さんはまだ若いし口下手だから、ひとりで女将と交渉するのは難しいだろう。

ここはやはり先輩の出番である。

範之は、女性従業員のまとめ役でもある正社員の福島さんに相談することにした。彼女は「わざわざ地元に帰ってきて親を困らせるなんて信じらんない」と言い、範之を嫌っているが、それは社長や女将を慕い、その気持ちを慮《おもんぱか》ってのことであり、情に厚い人なのだ。

「福島さんもお気づきでしょうが、馬場さんの問題は、マルチタスクや生産性の向上のための取り組みについて再考する良い機会じゃないかと思うんです。いろんな仕事ができるようになったり、能率的に仕事をしたりすることは大事です。けれども、人によって向き不向きや能力差があるのは当然ですから、こうじゃなきゃだめって決めつけてしまうと、なんだか息苦しい職場になると思いませんか？」

福島さんはおやっという顔をした。自分のことで精一杯にしか見えない社長の息子が、従業員のことを考えているのが意外だという面持ちだった。

「確かに、前は仲居同士であーだこーだおしゃべりして和気あいあいとしてたのに、今は休憩室でちょっとでも長居してたら女将さんに注意されて、なんかギスギスしてるんだよね……」

「私もよ！」

「私は、喜代子さんのことも気になっているんです」

福島さんが喜代子さんのトイレ掃除を手伝っていることは、喜代子さんから聞いていた。普段着から作務衣に着替えると、背筋がしゃんと伸びて表情まで若返る喜代子さんを思い浮かべながら、範之は続ける。

「この前も『若いときのように動けんし、そろそろお暇《いとま》をいただいたほうがええんじゃないかなぁ』って言うんです。でも、まだ接客することはできますし、若い人が喜代子さんから学べることは多いと思ってます。何より、喜代子さんから生きがいを奪うのはよくないんじゃないでしょうか」

「あなたわかってるじゃない」。福島さんの範之を見るまなざしがやさしくなった。「みんなすぐ年寄りを働かせるなっていうけど、喜代子さんは人のために働きたい人なのよ」

「そうですよね。だから、喜代子さんは喜代子さんのできることをやって、馬場さんは馬場さんのできることをやる。ここは小さい旅館なんだから、みんなでカバーし合って、機嫌よく仕事できればいいと思うんです」

「賛成。同じことを考えてる人は結構いると思うのよ。だから従業員の要望としてまとめて、一度、女将さんと話し合ってみたらいいかもしれない」

「私もお手伝いします」

「あなた従業員側でいいの？　こっちに付いたら、女将さんとますます仲が悪くなるんじゃないの？」

「いいんです、もうじゅうぶん仲悪いですから」

二人して苦笑する。

福島さんがしみじみと言った。

「血のつながってる母親といがみ合って、そうじゃない父親とは仲良くやってるんだから、親子ってわかんないものね」

「潮待閣」では、毎日の打ち合わせとは別に、月に一回、フロントや仲居などの接客部門、調理部門、裏方部門のそれぞれのリーダーが出席して、社長や女将と共に定例会議を行う。

そのときの議題に応じて、現場の人間も参加して意見を述べるのだが、馬場さんの件に関しては、福島さんに一任して話し合いが持たれた。

福島さんは会議で次のように訴えたという。

「女将さんがマルチタスクを導入したことで、結果的に、やる気のある、この旅館のことが好きな従業員だけが残りました。女将さんの選択は正しかったのです！　だからこそ、今度は、そのやる気のある従業員にもっとやる気を出してもらう方法を、女将さんに考えていただければと思うのです」

その言葉は女将の心を動かした。馬場さんは一年限定で裏方業務に専念し、その間、禁煙努力をするということになった。また、喜代子さんをはじめとする高齢社員に対して、ゆとりある仕事配分をすることも決まった。

しかもそれだけでなく、範之を含む全正社員の四週七休（四週間に七日間の休日を取ること）の勤務体制を守ることも、決まった。

福島さんが範之に言った。

「『従業員から提案する働き方改革』という要望書の中に、休憩時間と休日の取得の明確化を入れておいたんだよね。つまり、ノリさんがちゃんと休むことができるように、それとなーく話をもっていったわけ」

彼女は、範之が休日を満足に取れていないことを知っていて、そのことも改善するように働きかけてくれたのだった。しかも今回、範之が従業員側と関わっていることを、女将には一切わからないように配慮していた。

「もし、ノリさんが代表してこういう要望書を出していたら、女将さんは必ず反発して、要望は通らなかったと思う。二人の仲が良くないからっていうのはもちろんだけど、旅館の世界はまだまだ封建的だから、新参者や若い人の意見をすぐに取り入れるなんてことはまずない。ましてや女将さんは、『潮待閣』をV字回復させた立役者だからね。ノリさんも、女将さんの目の黒いうちは、自分の考えがそう簡単には通らないって覚悟しといたほうがいい」

「あの人、百歳まで軽く元気で生きてそうなんですけど」

範之は目の前が暗くなる。

「だから。今回みたいに従業員を味方につけて、少しずつ自分の考えを紛れ込ませていけばいいじゃない」

「あ、そっか」

「世話がやける若女将だねえ」

福島さんにそう言われ、範之は身をよじりながら「うれしいっ」と叫びそうになるのをかろうじてこらえた。

★

範之が完全オフの休日を迎えた朝、父から電話があった。

「ノリ、久しぶりに釣りでもしょうか？」

「うん、いいよ」

「じゃあ三十分後にうちの前で待ち合わせな」

夏休みが始まる前の、のんびりとした平日である。範之は一日中だらだらと過ごす予定だったが、ま、いいか、と思う。範之が旅館で働き始めてから、父と外へ出かけるのはこれが初めてだ。

旅館は通常通り営業しているので、範之は出かける準備をするとこっそり裏口から出かけた。

このところ毎日晴天続きで、傷ひとつない青い色紙を貼りつけたような空が広がっている。

実家の前に行くと、父はフィッシングベストに長靴というやる気まんまんの格好で、釣竿やクーラーボックスなどを持って立っていた。範之は、さすがにスカートは穿かず、キャップをかぶり、長袖シャツに長ズボンというユニセックスな服装である。

「今日は天気がええし、仙酔島《せんすいじま》まで行ってみるか」

「いいね、行こう！」

父と範之は一緒に歩き出した。家から歩いて十分のところにフェリー乗り場があり、そこから島は目と鼻の先である。

「仙酔島って最近パワースポットで有名でしょ？　混んでるかな？」

「海開きもまだじゃし、そうでもなかろう」

「前はよく海水浴行ったね」

「ノリはイソギンチャクが好きじゃったのう」

「そうそう！」

夏休みの期間、旅館は忙しかったはずなのに、父は毎年海水浴に連れて行ってくれた。岩場の潮だまりにいるイソギンチャクに指を入れるときゅっと閉じるのが面白くて、一日中遊んでいられた。

「今釣れるんは、キス、コチ、セイゴか」

「釣りなんて、大学のとき以来だな」

「あっ村上《むらかみ》さん、おはようございます」

父が、同じ町内のおばあちゃんに挨拶し、範之も軽くお辞儀する。

「あらあ、ノリちゃんと一緒に釣り？　気をつけていってかえり」

村上さんは屈託ない笑顔を見せて、ゆっくりと通り過ぎた。

これまでに何度も繰り返した、なつかしい光景。

今の村上さんは買い物カートを押しているけど、昔は孫の手を引いて歩いていた。そして父は、肩からクーラーボックスを下げ、左手に釣竿、右手は子供の範之と手をつないでいた。

徒歩で行ける範囲のあちこちに釣りのポイントがあるから、父は暇を見つけては範之を連れ、二人でてくてくと歩いた。その途中、父に町の歴史やいろんな建物の由緒などを教えてもらうのが楽しかった。範之がこの土地を散歩するのが好きなのはそのせいかもしれない。


いろは丸という名の渡船に乗ると、パワースポットが好きそうな二十歳前後の女子十人くらいの団体がいて、ものすごい音量で騒いでいた。島に着くと、父と範之は特に打ち合わせをするでもなく、彼女たちとは反対方向へ歩き出し、静かな砂浜のほうへ向かう。

風はなく、波も穏やかで、驚くほど透明な濃いマリンブルーの海が美しい。

置き竿にして、二人で並んで座る。ぼーっと海を眺めているだけで気持ちよく、贅沢《ぜいたく》な気分になる。

釣りそのものは、それほど好きではない。けれども、運動が苦手なこともあって、釣り糸を垂れたままじっとしているのは、小さい頃からあまり苦ではなかった。逆に、弟は一、二回で飽きたらしく、父が誘っても友達とサッカーするほうを選んだ。

父は女性にモテなかったらしく、四十を過ぎてようやく見合いで結婚できたのだが、その最初の妻を病気で亡くしている。二人の間に子供はなく、父はその後、広島市内のデパートで働いていたシングルマザーの母を見初めた。父が四十九歳、母が三十四歳のときである。二人は再婚し、母の連れ子である範之は四歳の時点でこの土地へ引っ越している。弟は父と母の間に出来た子供なので、範之と晶は異父兄弟にあたる。

範之には実の父親の記憶がない。一番最初の記憶は、継父の春夫と一緒に堤防の横を歩いている光景である。周囲の人から、春夫と範之に血縁関係がないことを匂わせるような言葉をかけられたこともあったような気がするが、当時は子供だし、勘も鈍いのでわからなかった。

だから、春夫が実の父親ではないと知ったのは、高校三年生のときである。大学受験にあたり、父から観光学科を勧められたとき、母が打ち明けたのだった。

「あんたとお父さんは血がつながっとらんけど、お父さんはあんたにこの旅館を継いでもらいたいって言うてくれちゃってなぁ。うちはそれがとってもうれしいんよ……」

範之は、父の実子でないことを知って自分の足元が崩れ落ちるような不安とかなしみに襲われたが、父とのこれまでの生活を振り返ってみれば、父のやさしさばかりが思い出され、その愛情が身に沁《し》みた。

一時、父に対して反発したこともあったが、最終的には父の言う通りの進路を選んだ。

「ノリ、だいぶ、仕事慣れたみたいじゃな」

父が竿先を見ながら話しかけてくる。

「うん。ちゃんと休めるから体も楽だし、福島さんのおかげだよ！……女将さんはむかついてるだろうけど」

「千代だってノリのことは心配しとる。ずっとこのままでええとは思っとらんと思うで」

「……どうだろね」

父は、不満げな範之の顔を見て、少し逡巡《しゅんじゅん》してから話し始めた。

「去年の暮れにノリが女の格好で帰省したじゃろ。あのあと千代が……号泣して私にあやまったんよ。実の子供以上に大切に育ててもらったのに、こんなふうに裏切って、あなたに恥をかかせて、何とお詫びしてええかわからん。勘当して、二度と鞆《とも》の浦《うら》に帰らせんようにしますけぇ！　って言うて。もちろん、それは本心じゃないってわかっとる。母親である自分が、真っ先に許すわけにはいかんと思ったんじゃろう」

範之は、父に対しても、母に対しても、申し訳なさでいっぱいになる。

それでも、あえて女性の格好で帰るという強引な方法を選んだのは、自分の気持ちにけりをつけたかったのだ。

父の望み通りの大学に進み、ホテル業界で働いたにもかかわらず、実の子ではない自分が後継ぎになっていいのだろうかという、遠慮というか迷いがあった。しかし、故郷に戻って父と一緒に仕事をしたいという思いも強かった。

もし父が、女性の格好をした範之を拒否すれば、範之は思い残すことなく、後継ぎになることをあきらめることができる。そしてすんなりと、弟が後継ぎになる。

でも、父はそうしなかった。

「すまん。こんな話、聞きとうなかったか」

ずっと黙っている範之に、父が心配そうに声をかけた。

「ううん、そうじゃない。こっちこそ、ごめんなさい。私の知らないところで、お父さんにもお母さんにもいろんな迷惑かけてて」

範之は父に向かって深く頭を下げる。父が微笑を浮かべながら、やめろというように片手をふる。

「息子じゃろうが娘じゃろうが、大事なわが子であることは変わらんけぇ」

そう言うと、立ち上がって竿のひとつを持ち上げ、仕掛けを遠くに投げた。そうして立ったまま竿を注視し、しばらくして竿先にアタリが出ると、勢いよく竿をあげた。

父はセイゴを釣り上げると、また置き竿にして範之の横に座った。観光客らしき中年の男性二人が、少し離れたところで釣りを始めている。

範之の竿は一向にかからない。でもまったく気にならない。

「私ね、旅館の仕事、かなり好きみたい。お客様と接することがなくても、スタッフと仲良く働けるだけで楽しい」

「正直どうなることかと思ったけど、変な話、みんなだんだん慣れていくもんなんじゃな……それにノリだって、白髪に染めてまで女の格好にこだわって、いや、すごい覚悟じゃなって」

「覚悟とか、そんな大げさなことじゃなくて、これは期間限定のコスプレみたいなものだから。もしいつか、若女将として取材されるときがきたら……」

範之はスマホを取り出す。一瞬躊躇《ちゆうちよ》するが、やはり見せたい気持ちのほうが勝って、目的の画像を探し出す。

「こんな感じで出ようと思ってるんだ」

先日、ネットで買った洋服とウィッグを持参して馬場さんのお姉さんのところへ行き、時間をかけてヘアメイクしてもらったのを撮っておいたのだ。自分としては「奇跡の一枚」であり、かなり女性に近づいたと思っている。

父は画像を見つめたまま何も言わない。

範之は、不快にさせてしまったのかと思い、スマホを引っ込めようとするが、父がその手を止める。

「……千代に似とる」

「やっぱりそう思う？」

素顔ではそれほど似てないのに、濃い化粧をすると母に似るのだ。

「このスーツとか……まるで気合入っとるときの女将じゃが」

「だって私の目標は、お母さんっていうか、女将さんだから」

父がびっくりしたような顔になる。

「……それ、千代に言うたか？」

「言わない。言うわけがない」

「どうして。千代は喜ぶと思うで」

「別に喜ばせたくない」

「はあ？」

「それが母と娘ってもんだよ」

父がわからないなあという顔をする。

「ノリさ、今日釣った魚、うちで一緒に食べようや」

「え？」

「千代もそのつもりで待っとる」

「……………」

「ノリはクロギの煮付けが一番好きじゃけど、セイゴの煮付けも好きじゃって言うとったど」

「……刺身も好きだけど」

「うん。もう少し釣るけぇな」

父はまた竿を手にすると、仕掛けを海の遠くへ投げ入れる。

範之は、ずっと突っ張っていた体の一部分が弛緩《しかん》していくような感じがする。

「ノリ、そのスーツの写真、千代に見せようや」

父は何だかうきうきしている。

「やだ、見せない」

「なんだ、恥ずかしいんか」

「まさか！　私のほうが若くてきれいだから、女将さんは絶対に嫉妬する。それでさらにいじめられたら、私、いやだから」

　父がぷっと吹き出す。

「何で笑う！」

「いや、すまん」

　そう言いながら、父の肩がひくひくと動いている。

　範之も立ち上がって竿を持ち、えいっと声をあげて、海に投げ入れる。

「私も一匹くらい釣らないとね！」

　離れたところにいる中年男性二人がこちらのほうを見ている。

　範之は、今度父と釣りに行くときは、真っ赤なパーカーを着て釣りガールに見えるようにしようと心に決める。

サラリーマンの父と娘

娘がまっすぐ家に帰らない。

山田健一《やまだけんいち》がそれを知ったのは、蝦夷梅雨《えぞつゆ》を思わせるしめっぽい天気が続く七月上旬の頃だった。

健一は、地元旭川《あさひかわ》の高校を卒業した後、札幌に本社のある従業員七十名（パートを除く）のプラスティックメーカーに勤めて今年で三十七年。現在は石狩《いしかり》事業所に勤務、営業部参与《さんよ》という部下のいない役職のまま、あと五年で定年を迎えるサラリーマンだ。

残業を終えてJRに乗り、午後八時過ぎに札幌のベッドタウンである最寄り駅に着いた。ホームを歩いていると、三メートルくらい先に娘の美咲《みさき》が歩いているのに気づく。札幌で一般事務の仕事をしている二十六歳。独身だ。

中肉中背でやや茶色の髪は肩より少し上の長さ。グレーのカーディガンに黒いズボン。肩にはベージュ色の大きめのカバンを下げ、右手に持ったスマホを見ながらゆっくりと歩いている。

健一はファッションに疎いので、服装や持ち物を見て気づいたわけではない。これといった特徴のない、どこにでもいる若い女性の後ろ姿だが、下半身が太めの全身のシルエット、どこか自分に自信がなさそうな背中のライン、けして他人を追い越したり押しのけたりせず黙って人の後ろについている様子、などといった全体の雰囲気で、間違いなく自分の娘だとわかる。

改札を出たら声をかけようと思っていたのに、美咲は自宅のある南口へは向かわず、反対の北口に向かって歩き出した。健一もつられるように北口に向かい、美咲の背中を見ながら歩いているうちに、ふと、声をかけずこのままあとをつけてみることにした。ちょっとしたいたずら心であり、単純に、どこへ寄るのか気になっただけである。

美咲は、駅からの連絡通路を通り、駅前にある大型スーパーマーケットの二階に入った。SALEのポスターが吊り下げられている婦人服売り場にのんびりと進み、ラックに下げられているワンピースに目を留めると、タグを探し出して値段を確認している。

「何だ、買い物か」

健一はなぜか少しがっかりする。

美咲は値段を見て興味を失ったのか、あっさりとその場を離れる。そしてさらに奥へと進み、棚に並べられたTシャツを見ている。手に取ることもあるが、熱心に見るというわけではない。そしてたまに顔をあげて遠くを眺めている。

「誰かとここで待ち合わせしているのかも」と健一は考え、すぐに「男か?」と色めきたつ。が、妻の文子《ふみこ》から聞いている限りでは、美咲が男性とつきあったことはない。でも、彼氏くらいいてもかまわない。いや、いてくれたほうがいい。健一は知らず知らずのうちに身をかがめている。

もし男と待ち合わせなら、駅前のスーパーというのは色気がなさすぎではないか。しかし、むしろ二人の仲がかなりすすんでいるということではないか、と自分の過去を思い出したりもする。

三十年以上も前、文子とつきあっているとき、一緒にスーパーで買い物をしてから健一のアパートへ向かうことがよくあった。あの頃はバブルの時代だったのに、レストランでデートすることなどまずなかった。喫茶店で働いていた文子は、腹をすかせた健一のために手際よく何品ものおかずをつくってくれた。二人で小さなテーブルを囲んで食事するだけで、すごく幸せだった……。

でもあのときは、二人とも地元を離れてのびのびと暮らしていたのだが、美咲は小学生のときからここで暮らしている。いつどんな知り合いと会うかもわからない、地元のスーパーで待ち合わせなどありえないかも、とあたりを見回し、いやいや、ここは案外穴場かもしれないと思い直す。

この階は中央が吹き抜けとなっていて、その周囲にある巨大な売り場が一望できるのだが、まったくと言っていいほど客がいないのだ。健一は一階の食品売り場をたまに利用することはあるが、ファッションフロアの二階に上がったことはなく、閑散とした様子が駅前のシャッター通りと重なり胸を衝《つ》かれる。

昼間はもう少し客がいるのだろうが、この時間に買い物をするような若い客は、洋服を買うなら郊外に新しくできたショッピングセンターか札幌に行くだろう。駅前周辺にマクドナルドはあるが、喫茶店はない。あとは、安くておいしいけどうるさすぎる居酒屋ばかりだ。

気がつくと美咲の姿はなく、あわてて店内を見渡す。美咲は広い婦人服売り場のさらに向こうにあるベビー用品売り場にいた。健一はこそこそとそちらへ向かう。

美咲は、壁に沿っておむつが並べられている棚をじっと見ている。彼女が勤めているのは白衣などのユニフォームを製造・販売する会社で、高校新卒で入社して以来、八年間そこで働き続けている。つまり彼女の仕事とおむつは、ほぼ何の関係もない。四つ上の姉である愛《あい》が、東京のフレンチレストランでシェフとして修業をしているが、独身で子供はいない。

美咲が歩き出し、今度はミルクの棚の前に立つ。健一はつい、横向きに立っている美咲のおなかのあたりを観察してしまう。別にふくらんではいないが、妊娠初期ならふくらむはずはない、などとやきもきしつつ、ようやく見た美咲の横顔の、いつになく暗い表情を見てどきりとする。

美咲はベビー用品の棚をひと通りめぐると、隣のファンシー雑貨売り場へ向かった。これまでよりは興味を持って品物を見ており、思いついたように棚から商品を取ると、急に健一がいる方向に顔を向け、健一はとっさに隠れる。

見つかったか?!

と思ったが、そうではないようで、美咲は無表情のまま商品を元に戻すと次の棚に向かう。

健一は、気にも留めていなかった美咲の左肩にかかっているカバンが、やけに大きく見えてくる。

「もしかしたら、娘は万引きの常習犯で、ここで万引きしようとしているのでは」

健一の全身がこわばった。さらに身をかがめ、美咲の手元から目を離さないようにする。

そんな父が後ろにいることも知らず、美咲はマイペースで店内を徘徊《はいかい》する。たまに商品を手に取り、ゆっくりと棚に戻す行為を繰り返す。

ときどき立ち止まって、スマホをチェックする。誰かにＬＩＮＥを送っているようだが、そこに喜びや落胆の表情はない。待っている人があらわれるかと、入口やエレベーターのほうを見たりもしない。

彼女はそんなふうにして二階フロアをぐるぐると三回まわり、何も買うことなく店を出た。時計を見ると一時間も経っていた。美咲はまた駅構内を通って南口に出て、今度はどこにも寄らず十分ほど歩き、自宅のある古いマンションへ入っていった。

娘は男と待ち合わせしていたわけではなく、万引き犯でもなかった。健一は、少しでも疑ったことを心の中で詫《わ》びる。そして、少し時間を置いてから帰宅する。

「ただいま」

居間のドアを開けると、文子がソファに座ってテレビをつけたまま、編み物をしていた。

「おかえり」

妻の視線は編み物に向いたままだ。

健一は、美咲が文子と一緒に食事をしているものとばかり思っていたので、ちょっと拍子抜けする。我が家は、夕飯がいらないときはあらかじめ伝えておくのがルールだから、美咲も今日は外で済ませてきたようだ。

「美咲は？」

健一が尋ねると、文子はきりのいい所まで編んでから顔を上げる。

「さっき帰ってきた。ここんとこ、毎晩このくらいの時間でさあ」

「仕事、忙しいの？」

健一は何となく、美咲がまっすぐ家に帰らなかったことを妻に言わないほうがいいと感じた。

「そうみたい」

「でも前は、これくらいの時間に帰ってきてもうちで夕飯食べてたような気がするけど」

「夜遅くに食べると太るから、気をつけてるんだって」

同じようなセリフを文子から聞いたことがある。専業主婦の文子は出会ったときと比べると確かにふくよかだけど、健一はダイエットに精を出す妻より、何でもおいしそうに楽しく食べる妻のほうが断然好きである。

「私が、ひとりだから簡単にすませたって言ったら、ママごめんね、ってあやまられちゃった」

娘と母が喧嘩しているというわけでもなさそうだ。

「……ってことは、彼氏でもできたのか？」

健一が尋ねると、文子が健一の顔をいぶかしげに見る。

「どうしたの、急に」

「えっ？」

「美咲のこと、あれこれ聞いて」

「たまには聞くさ、文子に聞かないとわかんないから」

文子は優越感を漂わせた顔つきで言った。

「そんな人、いないって。あの子、ほんとに奥手だし、いたら絶対にわかる。今、微妙な年頃なんだから、そういうこと面と向かって聞かないでよ」

「わかった」

健一は着替えるために寝室へ行き、スーツを脱ぎながら美咲のことを考えた。

彼女がフラリーマンのようにわざと家に遅く帰り、夕飯も食べないというのは、母親となるべく話をしたくないからではないか。父親の存在はもとより薄いから関係ないだろう。

文子と美咲の仲は良く、夕飯が終わった後も二人で話し込んでいる光景を何度も見てきた。長女の愛が自立心旺盛《おうせい》で何でもひとりで決めるのに対し、次女の美咲は引っ込み思案で甘えん坊のところがあるから、何かあれば母親に相談しているようだ。

しかし、今回は母親には話したくない悩みなのではないか。さっき文子自身が「（彼氏がいるのなら）絶対にわかる」と豪語したように、文子は娘の小さな変化も見逃さないところがあるから、娘もそれをわかっていて母親と顔を合わせないようにしている気がする。

とはいえ、それがどんな悩みなのか、娘と会話の少ない父にはさっぱりわからない。

健一が父親になったのは二十五歳のときで、三十過ぎまではまだそれほど多忙ではなかったから、幼い娘二人を連れて近所の公園へ遊びに行くこともよくあった。家事は苦手でほとんどしなかったけれど、子供の相手をするのは嫌いではなかった。娘は二人とも素直でほんとうにかわいかった。少なくとも中学くらいまでは普通に話をしていたのだ。

しかし、健一が旭川事業所に異動となり、美咲の高校受験のために単身赴任せざるを得なくなると（先生から内申点のために転校しないほうがいいと言われた）、娘たちとの距離が一気に広がった。仕事も忙しくなり、自宅に帰るのは月に二回程度。次第に家の中で起こっていることがわからなくなっていった。いつのまにか愛はシェフになることを決めており、反対していた文子と仲直りしないまま東京へ行ってしまった。健一が愛の味方になったため、あの頃の文子はいつもつっけんどんな態度だった。たまに自宅に帰ると、高校生の美咲はよそよそしかった。しばらく見ないうちに妙に女くさくなっていて、何をどう話しかけていいのかわからなかった。

たまにしか会わないのに、勉強のことを聞くのも嫌がられるだけだから（第一、美咲は勉強が得意ではない）、食べているコンビニスイーツを見て「それおいしい？」と聞くくらいが関の山で、「別に」と言われるとそこで会話は強制終了となる。同僚が「アイドルの話題が一番無難」と言っていたので、テレビに出ている嵐《あらし》を見ながら「このなかで誰が好き？」と聞いたら「誰も好きじゃない。パパ、いい年して嵐とか興味あんの？」と冷ややかな目で見られた。きっと、媚《こ》びているのがバレバレだったのだろう。

旭川で三年、釧路《くしろ》で四年の単身赴任を終えて帰ってくると、母と娘の二人暮らしスタイルがすっかりできあがっていて、健一はそこへ恐る恐る交ぜてもらうような感じだった。夜九時を過ぎたら廊下の電気は全部消さなければならず、トイレは絶対に座って致さねばならず、終わって蓋を閉めなければ必ずひどく怒られるのだった。

相変わらず、娘とどんな話をしていいのかわからず、娘も同じらしかった。仲が悪いわけではないが、年頃の娘はそもそも父親に関心がない。仲のいい母親ですら「社会人になると、全然一緒に出かけてくれない」と不満を言っていて、休日もほとんど家にいない。

最近ようやく、家族三人ならばそれなりに会話もできるようになった。が、父と娘二人になるとまだぎこちない。父が話しかけると娘は二言三言答えてくれるが、世間話レベルで、プライベートに関わる深い話はまだできない。

それでも、健一は美咲ともっと話したいと長年思っていた。今日、浮かない顔をしながらあてどなく歩いている娘を見ていて、何度、「おい、美咲、どうしたんだ？」と声をかけたくなったことか。

しかし、あのフロアで声をかけるのはいかにも不自然であり、いきなり「何か悩んでることがあるのか？」と聞いたところで、正直に答えてくれるとは思えなかった。

まずは妻のいないところで、なるべく自然な感じで、二人でゆっくりと話ができる機会をつくるのがいいだろう。

美咲は酒が飲めないから、おいしいと評判のレストランに誘うのもいいかもしれない。でも「イヤ」と断られたらそれまでだ。

美咲が乗ってくれそうなことって何だろう……。健一は、文子から聞いたこと、美咲と交わした会話から、ひとつのアイディアを思いついた。

翌日からそのためにできる限りの努力をした。そして二週間後、近くに文子がいないときを見計らって、さりげなく美咲に声をかけた。

「再来週の土曜の日《にち》ハム戦チケットがあるんだけど、行かない？」

美咲が物珍しそうな顔をする。

「誰かからもらったの？」

曖昧に、うなずく。

「どこの席？」

「三塁側内野指定席。ほぼ最前列」

二枚のチケットをこれみよがしに見せる。

「えーーっ！」

普段おとなしい美咲が、すっとんきょうな声をあげた。

「行く？」

「行く！　行く行く!!」

美咲は、熱烈なファイターズファン、且《か》つ、中島卓也《なかしまたくや》選手の大ファンなのだ。

★

観戦当日、試合開始は午後二時であり、札幌ドームは家から電車を乗り継いで約一時間なのに、健一と美咲は午前十時に家を出た。

美咲の服装は、Ｔシャツにジーンズでごく普通なのだが、右肩にはファイターズのロゴが入った大きなトートバッグ、左肩にはそれより小さめで別のデザインのファイターズのロゴ入りバッグ。そのどちらも荷物でパンパンにふくらみ、ファイターズ関連の何だかびらびらしたストラップや缶バッジがびっちりとついていて、仕上げに中島卓也の顔写真入りハート形ピンク色キーホルダーがぶらさがっている。

健一は、初めて見るそのファンアピールがはなはだしいバッグに絶句するが、それについて何か言うことによって娘の機嫌を損ねたくないので黙っている。しかし、これくらいはまだ序の口だということを、後で知ることとなる。

札幌駅で地下鉄東豊《とうほう》線に乗り換えると、ここはファイターズファン専用列車かと思うほど、ファイターズグッズを身につけた人たちだらけだった。ファイターズロゴの入ったバッグやリュックを持ち、ストラップやキーホルダーやピンバッジなどをつけるのは当たり前。着ているレプリカユニフォームの背番号や名前で、その人が誰のファンであるか、すぐにわかる。側面にでっかく中田翔《なかたしょう》が叫んでいる顔がプリントされたトートバッグ（『しばきあげろ！』の文字入り）を持っているおばちゃんもいる。

電車の中にいるのは、小さな子供を連れた夫婦、若い女の子や男の子の二人連れ、サラリーマン三人組、中年カップル、老夫婦、若い母と息子、などなど。確実に八十歳は超えていると思われるおばあさんが、ファイターズの帽子をかぶり、小さなリュックにユニフォームを着たマスコットをたくさんぶらさげて、ニコニコしながらひとりで座っている。

健一は、楽しそうなファンのなかで、「中年の父と大人になった娘」という組み合わせは自分たちくらいしかいないことに、誇らしいようなさびしいような思いを抱く。

福住《ふくずみ》駅で降りると、国道36号沿いをぞろぞろと歩きながら札幌ドームへ向かう。球場まで約一キロらしいが、昔より遠く感じる。

健一はそれほど野球が好きな少年ではなかったが、当時は王と長嶋のＯＮ《オーエヌ》砲の全盛期で、周囲と同じように巨人ファンだった。しかし、日本ハムファイターズが本拠地を北海道に移してからは、自然とファイターズを応援するようになった。球場に行くほどではなかったが、さすがに二〇〇六年の日本シリーズ初優勝（前身の東映《とうえい》フライヤーズ時代を含めると二度目）のときは盛り上がり、当時の同僚が新庄《しんじょう》の大ファンだったこともあって、彼にチケットを取ってもらい、愛と美咲を連れて札幌ドームに行ったこともあった。文子はプロ野球にまったく興味がないので留守番だった。

健一はミーハーファンなので、ファイターズが弱くなるとすぐに興味を失った。それでも営業マンの基礎知識として、同僚が買ってくる『道新《どうしん》スポーツ』でファイターズの試合結果や順位くらいはチェックしているが、有名な選手以外はよくわからない。まさか美咲がここ数年で熱烈なファイターズファンになるとは想像もしていなかった。高校の同級生に誘われて野球観戦したのがきっかけだそうだ。

「パパ。悪いけど、グッズショップとかで時間つぶしててくれる？」

美咲は、もし健一が誘わなければ、ファイターズファンの友達と一緒に外野自由エリアで応援する予定だった。十二時の開場時間まで、その友達は席取りのために屋外で並んでいるので、挨拶に行きたいのだという。

「友達ってひとり?」

「四人」

そのなかに男性はいるのか? と聞きたいのを我慢する。

「お父さんも行ったらだめ?」

「ダメッ」

けんもほろろだった。

「なんで」

「パパと一緒なんて恥ずかしいに決まってるでしょ」

美咲はさらっと言い、健一を置いて行ってしまった。照れくさいだけかもしれないが、それなりに傷つく。二十六歳というのは子供なのか大人なのか、健一にはよくわからない。

十二時に北1ゲート前で落ち合って、ドーム内に入る。ケンタッキーだのサブウェイだの、ファストフードのチェーン店がいっぱい並んでいる。健一は右も左もわからないが、美咲が迷うことなくどんどん前に進むので、その後ろをついていく。

二階に上がると、美しい緑色のフィールドが目に飛び込んでくる。これを見ると健一はなぜか、いつも胸が熱くなる。選ばれた人だけが立つことのできる神聖で特別な場所だと思う。

「パパ、こっち」

美咲が振り返って手招きし、すり鉢状の内野席を下へ下へと下りていく。

自分の席に着くと、美咲はバッグから応援用のツインスティック、ミネラルウォーターの入っている透明で大きなマイ・プラカップ（ペットボトルは持ち込み禁止）、二人分の座布団などを手際よく出す。それから背番号9のユニフォーム、9番のリストバンドを身につけ、中島卓也と書かれた青いタオルを肩にかけ、Fマークの帽子をかぶり、貴重品を入れたボディバッグを腰につける。最後に、空《から》になったバッグを白い大きなゴミ袋に入れて椅子の下に入れる。どうりで荷物が多いわけだ。

「球場に来てからユニフォーム着るんだね」

家から着ていくのは恥ずかしいからだろうか。

「ここで選手たち見ながら着替えるほうが、今日も応援するぞーってなまらわくわくする」

そう言って、うらやましいくらい幸せそうな笑みを浮かべる。

「よく似合うよ。ほんと、かわいい」

力を込めて言うと、美咲は不意をつかれたような顔になり、それからぷいと顔をそむけた。

健一は、昔から娘たちにかわいい、かわいいと言い続け（だってほんとうにそうなのだから）、子供の頃の美咲はうれしそうにしていた。だが、いつの頃からか迷惑そうな顔になり、高校生になると「マジでやめて！」と怒り出したので、言わないようになったのだ。

「なあ美咲、いろんな色のユニフォーム着てる人がいるのはなんで？」

気まずくなった雰囲気を取り繕《つくろ》うように質問すると、美咲は素直に答えてくれた。

「限定ユニフォーム無料配布デイっていうのがあって、日曜の試合のときが多いんだけど、そのときどきで色やデザインが違うんだよね。背番号がないのは、もらったのをそのまま着てるんだけど、好きな選手の名前と背番号を入れてもらって、自分用にカスタマイズする人もいる」

「無料！　ファイターズ太っ腹だな」

「そんなのどこの球団でもやってるよ」

と軽く笑われる。昔はどこもそんなことやってなかったぞ。

「ナカシマ選手って、今年の『彼氏にしたい選手権』一位だったよな？」

以前、「ナカジマ選手が」と話しかけたときに、「ナカシマです」とぴしゃりと訂正されて以来、決して間違えないようにしている。

「去年だけ二位だったけど、その前は三年連続一位だ、か、ら」

自分のことのように自慢する。

「へえ、すごいなあ。どういうとこが人気なの？」

「イケメン度でいえば、正直、西川《にしかわ》や吉田輝星《よしだこうせい》のほうが上だし、本人も、自分だったら手が届きそうな感じなんじゃないですかって言ってるんだけどね。でも、スタイルいいし、守備はうまいし、真面目だし、んー、地味なところがいいんだよねっ！　オレが〜って前に出るんじゃなくて、チームのために自分のできることをこつこつやるところとか……」

美咲はずっと話し続けている。

家でファイターズのことを話すことはなく、テレビ中継を見ることもない（スマホで試合チェックをしているようだ）。ファンであることを知ったのは、文子から「美咲の洗濯物のなかにファイターズのユニフォームがあった」と聞いたからだ。

かといって、健一が試合結果だけをチェックして「昨日のファイターズは惜しかったなあ」と娘に話しかけても、父の少ない知識では会話が盛り上がることもない。少しずつ話すうちに、中島卓也を応援していることがわかったが、日々の忙しさにかまけ、娘との会話のために詳しくなろうというところまではいかなかった。今回、やっと彼について調べたのだ。

美咲がいつになく父に対して話をしてくれるのは、札幌ドームという空間にいて、これから中島に会えるという興奮も手伝っているのかもしれない。それでも昔に戻ったようで、こんなことならもっと早く野球観戦に誘えばよかったと思った。

フィールド内は、ビジターであるマリーンズの打撃練習からファイターズの守備練習になり、美咲はおしゃべりをやめて中島の姿をひたすら見つめ続ける。この指定席は、ショートで守備をしている彼がばっちり見えるポジションなのだ。美咲は立ち上がってもっと前に行き、中島だけでなくいろんな選手の写真をスマホで撮っては友達に送っている。

席に戻ってきても、興奮の余韻《よいん》で顔が内側から輝いている。

「いやー近いわー。たまには内野もいいねー」

「内野席で見ることもあるの？」

「あんまりない。静かだし、応援盛り上がらないから」

美咲はそう言ったが、その日はファイターズが逆転勝ちしたこともあり、健一にとっては内野席でも充分盛り上がった試合だった。外野席のように立ち上がって応援はしないものの、周囲の客の九割はユニフォームを着てツインスティックを叩き、七回の攻撃の前には青色のロケット風船を飛ばした。

八回裏、一アウト満塁で中田翔に打順が回り、登場曲の『PERFECT HUMAN』が流れると、「ナ・カ・タ！ ナ・カ・タ・ナ・カ・タ！」のコールと共にファイターズファンに異様な熱気が沸き上がり、一体感が生まれ、それまで第三者的に観戦していた健一も一気に巻き込まれた。彼が見事三遊間を抜ける二塁打を放ち、美咲とハイタッチまで交わすことができると、これまで「怖そうな男」というイメージしかなかった中田翔が、一瞬にして「愛すべき男」に変わった。健一は、中田翔のユニフォームを買って帰ることに決める。

試合が終わると、健一は美咲を誘い、大通《おおどおり》公園の近くにあるイタリアンレストランに入った。

美咲は試合の興奮がまだ続いていて、今日のファイターズについて語り続け、悩みを聞くタイミングがつかめない。

「いつか、東京や福岡に遠征してみたいんだよね」

「行けばいいのに。きっと楽しいよ」

こんな言葉がするっと出るのも、観戦直後のせいだろう。

「えっほんと？」美咲は反対されなかったことに驚きつつ、

「でもねえ」

と言ってから、はあ〜と大きくため息をつく。

「何か問題あるの？ ……ママが何か言ってるの？」

「ううん。私がファイターズにハマってるのが不満みたいだから、遠征とか、そういう話はしない」

そう言ってアイスティーのストローをぐるぐる回す。

「最近、元気ないみたいだけど、何かあったのか？」

思い切って言ってみる。

「そんなふうに見える？」

抗議するような目で見つめられて、健一はうろたえる。

「いや、何となくそう思っただけだから。違ってたらごめん」

こういうときにもう一押しできず、遠慮してしまう。そういうところがダメなんだと上司に言われたこともある。

「……実は、会社やめようかどうしようか迷ってるんだ」

「そうなの?!」

サラリーマンのなかには「おなかすいたー」と同じノリで「仕事つまんねー」「会社や

めてー」としょっちゅう言っている奴がいるが、美咲は、文子から聞いている限り（このフレーズ多すぎる、と健一は反省する）、会社を辞めたいと言ったことは一度もない。

「やりたくない仕事に異動になりそうで」

美咲はレンタル事業部で内勤をしているのだが、他の会社から転職して部長になった男性が新しいシステムを導入し、これまで二人でやっていた事務仕事が一人で済むようになった。すると、営業マンたちは美咲ではない女性にばかり仕事を頼むようになり、それを見ていた部長が、法人営業部で営業の仕事をしたらどうかと打診してきたという。

健一がまず考えたのは、どうして美咲のほうが仕事を頼まれなかったのか、ということだった。仕事ができないのか、あるいは好かれてないのか、もう一人のほうが若くて美人なのか……。美咲はその理由を言わない。言いたくないのだろうから、健一はあえて聞かない。どんな理由にしろ、父は娘がただ不憫《ふびん》だった。こういう場合は、異動したほうがいいのではないか。

「せっかく勧められたんだから、やってみたらどう？」

「営業なんて、絶対無理。私、一般事務しかやったことないんだよ」

事務から営業に異動させる会社や、事務から営業に転職する女性は珍しくない。リストラされるよりよっぽどましではないかと、健一はつい言いたくなる。でも美咲はそんな一般論より、とにかく、一度もやったことのない営業という仕事を恐れているように感じる。

「営業じゃない仕事に異動はできないの？」

「一般事務はどこも余ってて、営業が足りないんだって。営業はやらないってことになると、やめるしかないかも」

「やりたくないならやめてもいいよ。でも、美咲は今の会社に八年も勤めているし、結構合ってるんだろうなと思ってたんだけど」

「まあね……他にやりたい仕事があるわけでもないし、今やめて、この年で一般事務の正社員の仕事を探すのが難しいこともわかってる。これまで通り球場に行ったり、遠征もしたいんだったら、会社やめないほうがいいんだよね」

「仕事をするのは、ファイターズのためってこと？」

「その通り！」

臆面もなく言われ、健一はかえってすがすがしい気持ちになる。

「そこまで割り切ってるなら、やめないほうがいいなあ」

「えー、さっきはやめてもいいって言ったのにー」

「ああ、そうか」

「もー、パパ、頼りにならないなー」

　美咲は笑いながら言ったが、そのひと言は健一の胸にちくりと刺さった。せっかく悩みを打ち明けられたのに、父としてぴしっとしたアドバイスをすることができない。でも、やめたほうがいいのかやめないほうがいいのか、健一は決められない。そんなにすぐには決められない。

「ママには相談したのか？」

　念のため聞いてみる。

「しないよ」

「そうなの？　仲いいのに？」

「仲良くするように心がけてんの。お姉ちゃんが東京行ってから、ママとはなるべく話をするようにしてんの。でも、何でも話すわけじゃない。すごく心配性だから、心配かけたくない気持ちもあるし、会社やめて結婚考えればって言われても困るし」

　まだまだ子供だと思っていたが、娘は精神的にも大人になり、親に気を遣っているのだ。こうして娘とさしで話して、ようやく気づいたというのが情けないが。

「まあ、仕事のことは話さないかな。パパもそうじゃない？」

　健一はうなずく。

「異動や転勤はもちろん話すけど、細かいことはな」

「社内のめんどくさいこととか。例えば、毒舌の独身お局様《つぼね》より人気のある若い女性のほうが、敵に回すとはるかに怖いとか」

「……ああ、あるね」

「え！　パパのとこもあんの？」

健一は、わざと軽い調子で話し始める。旭川事業所にいたときのモテ男（既婚）が、こっそり、お局様と人気者の両方の独身女性に手を出したのだが、若い人気者の女性のほうがそのことを知って激怒し、彼の奥さんにすべてをぶちまけてしまい、大騒ぎになったのだった。美咲は、その男ばかだねーと、けらけら笑う。

「私が言いたいのは、人気のある女性には権力があるってことなんだけど……まあ、どうでもいいや」美咲は笑顔を残したまま、健一のグラスにデキャンタの赤ワインを注《つ》いでくれる。

「パパの会社の話って、初めて聞いた」

「こんなこと話す機会なんてないからな」

「どこの会社でも、いろいろあるんだね」

健一は、自分の同僚たちと話しているような下世話な話を、娘と気軽に話していることに少々驚く。これまで美咲を自分の娘としか見ていなかったけれど、会社にいる女性社員たちと変わらないんだということが、新鮮だった。

「ねえ、菜穂《なほ》ちゃんって覚えてる？」

「ああ。結婚して、旦那さんと一緒にお父さんの畑やってんだろ？」

札幌近郊の北広島《きたひろしま》市に住む美咲の幼なじみで、会社員として働いた後、農業を継ぎ、野菜をつくっていると聞いている。

「菜穂ちゃんがね、昔はお父さんのことが嫌いだったけど、一緒に仕事して、畑のことをいろいろ教わるようになって、やっとお父さんのことが嫌いじゃなくなったって。ああ、自分はこの父親の娘なんだなあって思うようになったんだって。それ聞いて、ちょっとうらやましいなって思ったんだよね。だってうちはサラリーマンだから、パパが何やってんのかさっぱりわからないし、仕事を教わることもないからね」

「……そうだな」

健一は、自分の父も勤め人だったから、何の疑問もなくサラリーマンになり、それを後悔したこともない。だがふと、子供に継がせるような仕事を持たないことが、さみしい、と思った。

「でも、私もパパもサラリーマンだから、会社のこととか説明しなくても通じて、こうして話ができるから、いいね」

美咲がはにかむように微笑む。健一は、うちの娘はやさしいなあとしみじみ思う。同じサラリーマンとして話ができるということは、確かにうれしいことではある。が、話をするだけなら上司や同僚と変わりない。

定年まであと五年。サラリーマンの父として、同じサラリーマンである娘に、教えておきたいこと、伝えたいことがあってしかるべきではないか。

だが、しがない中小企業で、部下のいない役職のまま、黙々と働き続けるだけのおっさんの言うことに、どれほどの意味があるのか。

美咲の「頼りにならないなー」という言葉が、頭の中でよみがえる。

★

翌朝、会社に出勤した健一は、昨日行ったイタリアンレストランを教えてくれた経理担当の中野《なかの》さんにお礼を言う。一昨年に中途入社した二十五歳の既婚女性だ。

「おすすめのマルゲリータ、おいしかったよ。こんなおしゃれな店知ってるんだって、娘にほめられた」

「よかった。あそこ、ときどきうるさい団体客が来るんですけど、大丈夫でした？」

そう言いながら、てきぱきと来客用のテーブルを拭いている。

「うん、隅の席が空いてて、ゆっくり話せた」

「そうですか……いいなあ、山田さんの娘さん」

手を止めた中野さんの表情が、ほんの少しだけ、曇る。

「中野さんは、お父さんと二人で話す機会とかある？」

父親は工務店の社長だと聞いたことがある。

「ぜんぜん。うちの父、昔から厳しくて何でも命令口調だから、あんまり近づきたくないんです」

「厳しいお父さんなんて、今どき貴重だよ。大人になって、ありがたいって思うこともあるんじゃないの？」

「そうですね……、大工って仕事柄、掃除が行き届かない奴はだめだっていつも言ってて、子供の頃から家の掃除もやらされてましたから、そういうことは苦ではないですけどね」

「ああそれで！　だから、中野さんが来てからオフィスの中がきれいになったのか。お父さんの教えはすごいね」

「たいしたことじゃないですよ」

中野さんは謙遜《けんそん》しつつも表情は何となく誇らしげで、軽やかな足取りで布巾を手に部屋を出て行った。

健一は、中野さんのなかに父の教えが生きていて、会社員としての彼女の価値を高めていることに、じーんとする。

僕もそういう何かを伝えられるといいんだけど。

でも、健一に座右の銘のようなものはなく、仕事でポリシーにしていることもない。自分が常に思っているわけでもないことを、どこかから拝借して格好つけて言ってみても、説得力はないだろう。

サラリーマンの父らしい教えってなんだろう。他のサラリーマンは子供にどんなことを語っているのだろう。

そこで健一は、事業所にやって来た同期の瀬島《せじま》に「久しぶりに一杯やらないか」と声をかけた。瀬島は新商品開発で成果を上げ、現在は取締役となっている。息子が二人いて、上の息子は東京の大学を出て大手の通信関連企業に就職、下の息子は高三だ。

会社の近くにある居酒屋に入り、瀬島が社長に対する不満を訴えるのを延々と聞いた後、健一はようやく質問することができた。

「瀬島は、息子と仕事の話とかする？」

「ああ。息子と話すのは年に一回帰省したときだけだし、男同士なんて、それくらいしか共通の話題がないからな」

「そうか、仕事について語り合うんだ」

「山田んとこは娘だけだから、つまんないよな」

健一は笑って受け流す。

「息子さんはどういう仕事してんの？」

「え？　ああ、システム開発」

それしか言わない。

「僕にはよくわかんないんだけど、具体的にどんなことしてんの」

「さあな。とにかく、給料はいいけど激務らしい」

瀬島はうまそうにビールジョッキをかたむける。

「仕事の相談もちかけられたりする？」

「いや。普通、父親に相談なんかしないだろ。お前、したか？」

「しない」

「だろ？」

「……じゃあさ、瀬島は息子に、仕事ではこうあるべきだ、みたいな話ってする？」

「そりゃするさ。自分が失敗した話も成功した話も全部する。そういうのはちゃんと聞かせたほうがあいつのためになる」

と、胸をそらせてジョッキを空け、下の息子は早稲田《わせだ》の理工学部を狙っているという話に移った。

瀬島は話し好きだし、取締役にまでなっているのだから、息子に仕事の話をしているというのは充分納得できた。でも、語り合うというより、普段健一と話しているときと同じように、自分の話を一方的にしているだけかもしれないとも思った。

帰りの電車のなかで、健一は七年前に亡くなった父、忠雄《ただお》のことを思い出す。

父は農業用の肥料や資材を販売する会社で定年まで働いた。母が「お父さんは不器用だから」とよく言っていて、どうも社内での立ち回りがうまくなかったらしく、出世とは無縁だったようだ。それでも、退職後は趣味の園芸をしたり町内の老人会の集まりに参加したりして、働かなくてもそれなりにやっていけたようだった。

ひとり息子の健一やその家族が実家に行けば、ほがらかな母がずっとしゃべり続け、父はその横で穏やかに話を聞いているだけだった。自ら進んで昔の話をすることはほとんどなく、肺炎をこじらせてあっという間に亡くなって初めて、自分が父のことを何も知らないことに気づいた。どうしてもっと父から話を聞かなかったのだろうという後悔は、今も消えることがない。

改めて、父がどんなことを話していたか思い出してみるが、子供の頃に身欠きニシンをかじりながら畑に撒いていたとか、若い頃に猛吹雪《もうふぶき》で車の中に閉じ込められ、ガソリンも切れて凍死しそうになったとか、仕事とは関係ない話ばかりだ。

物静かな人だったから、子供に怒ることもなかった。新聞は毎日読んでいたが、本を読むことはめったになく、「体に気をつけろ」といった親らしい言葉はよく口にしたけれど、もっともらしい人生訓を垂れることもなかった。

息子に伝えたいことがないくらい、平穏な人生だったのかと思うが、十代のときに父親を亡くして苦労したということは聞いている。しかし、父がその話をすることはなかった。それは、言いたくなかったからかもしれないが、こちらが聞かなかったからでもある。子が父に対して、興味を持たなかったからである。

健一は今になってようやく、父の孤独のようなものに思い至る。世間的には、息子や孫娘もいて幸せだったのかもしれない。しかし、血の繋《つな》がった者へ「自分の大切な何か」を伝えたい、託《たく》したいという願いはかなわなかったのではないか。

帰宅すると、文子がまた編み物をしていた。美咲は部屋にいるという。

編み物が得意な文子は、昔はよく家族のために編んでいて、健一も誕生日のプレゼントにイニシャルの入ったベストなどをもらったことがあった。しかし、ここ数年は編み棒を持つこともなかった。

「熱心だね。愛へのプレゼント？」

誕生日が一番近いのは東京にいる愛なので、何気なく口にした。

「違います。もういらないってはっきり言われてる」

「まあ、今までたくさん編んでもらってるもんな」

「私のは自己満足……おかんアートなんだって」

文子が投げやりに言う。

「何それ？」

「自分で検索して」

あまり良いことではなさそうなので、話題を変える。

「じゃ、何編んでるの？」

「アフガニスタンの子供にあげるセーター」

「ええっ？」

「ボランティアニットって言うの。アフガニスタンの山岳地帯って冬はマイナス二十度になることもあるんだって。そこに住む子供に、防寒用のセーターを編んで送るプロジェクトに参加してんだよ」

「へえ……うちには古いセーターだっていっぱいあるのに」

「その子たちのために新しく編む、っていうことが大事でさ。日常で古着しか着たことがない貧しい子にとって、知らない遠い国から、編んだ人の名前が書かれたカード付きの新しいセーターが届くって、びっくりすることでしょ？」

健一は、今度はすぐに「ボランティアニット」で検索する。

カラフルなセーターとニット帽とマフラーを身に着け、編み手の名前が書かれたカードを手に、つつましやかで可愛らしく、明るい笑顔を見せている子供たちの写真が出てくる。

「自分の編んだセーターがどんな子に届いたのか、教えてもらえるの？」

「ううん。でも、そういうことは気にしない。編み物好きって、何でもいいから編みたいっていう欲求があるわけ。たぶん、このボランティアも自己満足なんだと思う」

「そんなことないよ」

自己満足という言葉がずっと胸に刺さり続けているらしい文子を励ましたくて、すぐ否定する。

「いいの、それで。何て言うのかな、どこに届くかはわからないけど、未来に向けてボールをえいっ！　って投げるみたいで、それだけで気持ちいいんだよね」

文子の顔がふっとやわらぐ。

「そのボールをどう受け取るかは相手次第。何も感じない子もいるだろうし、あたたかいものに触れてちょっと救われる子もいるかもしれない。こっちが決めることじゃないからね」

そしてまた編み棒を動かし、一目、一目、と編んでいく。

文子が言うボールというのは、セーターに込めた思い、みたいなものかもしれない。それが伝わるかどうかは相手次第。

健一が、子供に何かを伝えたいと思うのも自己満足かもしれず、たとえ心を込めて伝えたとしても、それが伝わっているかどうかは子供次第ということなのかもしれない。

「美咲が、パパって意外とミーハーだねって言ってた」

文子が思い出したように言う。たぶん、中田翔のユニフォームを買ったからだろう。

「美咲と夕飯食べたの？」

「ううん、今日も遅かった」

「そうか」

美咲は今日もスーパーをぐるぐるしていたのだろうか。

そこで健一は、はっと気づく。

まずは、美咲の一番の悩みである、会社を辞めるか辞めないかについて、もっと一緒に考えたほうがいいのではないか。それをほったらかして、父として伝えるべきことは何か、などという大げさなことばかり考えてるなんて、ピントがずれてないか。

それならばと、美咲は会社を辞めたほうがいいのかそうではないのか、何をアドバイスすればいいかを考えてみるのだが、するとまた、迷路に迷い込んでしまうのだった。

★

九月第二週の土曜日、健一は美咲と札幌ドームにいた。

何と、美咲から誘ってくれたのだ。

「せっかく中田ユニ買ったんだから、着ないとね」

てっきり呆れられてると思っていたが、そこはファイターズファン、同志が増えるのは歓迎らしい。しかも友達と一緒に外野席で応援するという。健一は喜びと気合をあらわすために、家を出るときからユニフォームを着た。

ファイターズが五位と低迷しているから自由席はそれほど混まない、と美咲は言い、十二時の開場時間を過ぎてからドームに着く。外野自由エリアを歩いていると、中田の名前が入ったピンク色のユニフォームを着たおばあさん三人組が並んで弁当を食べているのが目に入った。中田は中高年女性に人気があるのだろうか。フィールドにほど近い場所に友達がすでに席取りをしていて、美咲がその友達たちを紹介してくれる。

全員女性だった。

ひとりは美咲と同い年くらいのカオリちゃん。杉谷拳士《すぎやけんし》ユニフォームを着ていて、健一を見るなり、

「中田ファンですか！　がんばって応援しましょう！」

とアイドルのように両手で握手してくる。その積極的なコンタクトにどぎまぎしていると、美咲から後でしっかり釘《くぎ》を刺された。

「カオリちゃんは、杉谷と中田っていうカップリングが大好きで、そのつながりで中田ファンを歓迎してるだけだからね」

「カップリング？」

「えーと、つまり、杉谷と中田は仲が良くて、そのことはファンなら当然知っている話なんだよね。で、カオリちゃんは杉谷が好きだけど、杉谷と中田がわちゃわちゃと仲良くしているところを見たり、想像したりするのはもっと好きってこと」

「……よくわからないんだけど」

「わかんなくていい」

カオリちゃんは人から話しかけられるとちゃんと答えるが、自分から話しかけることはなく、常にスマホを見ていて、親指を動かし続けている。

次に、四十代で何となく独身と思われるマサコさん。近藤健介《こんどうけんすけ》ファンで、静かにビールを飲み、静かに選手たちの動きを見ている。スニーカーがなぜか虎柄。

最後に六十代と思しきアライさん。美咲と同じ、中島ファン。大学生の娘と一緒に来ることが多いが、今日はひとりだという。

「あたし、三年前にバツイチになって初めて札幌ドームで野球見たんですけど、世の中にこんな楽しいものがあるんだってびっくりしたんですよ」

「私も先月、十何年かぶりにドームに来て、中田に感動しちゃって」

「美咲ちゃんから、にわかファンの父を連れてきていいかってＬＩＮＥが来たんです。美咲ちゃんのパパならきっといい人だから、もちろんＯＫって返事したんですよ」

アライさんは、繁盛している食堂のおばちゃんみたいな恰幅《かっぷく》のいいさばさばした人だ。美咲ちゃんのパパなら……という言葉も、お世辞っぽくなく、本心から言っているような響きがある。

美咲の口ぶりから、ここに男性がいないことは薄々感じていたが、二年前から一緒に応援するようになったという彼女たちと楽しそうに話している様子を見ていると、結婚はまだまだ先のようだ。美咲は今のところ会社を辞めていないが、結局どうするかはまだ聞いていない。今日の観戦の後で、話をしようと思っている。

　外野席での応援はことのほか楽しく、心に残るものだった。

　この日の美咲は、「機内持ち込み可」くらいのサイズのソフトキャリーケースをごろごろと引っ張っていたのだが、その中に入っていたのは全部応援グッズだった。

　四人の女性は一列に座り、ファイターズの攻撃になると、立ち上がって応援するだけでなく、打席に立ったバッターに合わせた応援カラーのグッズを掲《かか》げた。西川遥輝《はるき》はピンク、大田泰示《おおたたいし》は青、近藤は黄、中田はゴールド……それは、名前が書かれた横長のタオルだったり、ユニフォーム、うちわ、プラカードだったりするのだが、四人とも、自分の好きな選手だけでなく、スタメン九人分を全部揃えていた。スタメン発表は通常、試合開始三十分前だから、当然、それ以外の選手の分も持ってきているという。

　好きな選手が打席に立てば、さらに応援に熱が入る。マサコさんは「こんすけ」の文字の周りに黄色のポンポンをつけたうちわ（手作り）を両手に持って振り続け、美咲は中島の打席を見ることよりも中島の似顔絵を描いた特大ポスター（自作）を目の前に掲げ続けることを優先した。大声を上げたり叫んだりすることはなく、それはファイターズファン全般に言えることなのだが、野次を飛ばす人もおらず、のんびりとした雰囲気がある。

それでも、健一のひいき目かもしれないが、中田翔の応援のときはファン全体のテンションが上がる。二本のスティックを下からすくうように振りながら「ホームラン、ホームラン、ナ・カ・タ！」の掛け声三回の後に、両手を頭上から前方に差し出すようにして「しょ〜（翔）」とコールすれば、しびれるような快感が全身を駆け抜け、「ああ、これを何度も何度もやりたい！」と思ってしまう。

球場にいるファンにとって、試合が始まれば、順位というのはどうでもよくなる。目の前の試合に勝つことしか考えない。テレビで野球を見るのとは集中力が違う。ファイターズの投手がストライクを一球投げただけで大きな拍手をする。ファイターズの攻撃で応援中にヒットが出れば、空からお金が降ってきたかのように歓声を上げ、一点でも入ればもう大騒ぎで、四人の女たちは得点歌に合わせて踊り出し、バンザイ三唱しながらジャンプして、健一を含む五人全員でハイタッチし、隣にいる知らないお客さんとも笑顔を交わし合い、幸福感でいっぱいになる。

美咲は、トイレ休憩などで席を立つときに「おなかすきませんかー？　何か食べたいものありますかー？」と声をかけ、「チュリトス」だの「ロングポテト」だのを買ってきて、全員でそれをつまむ。代金の徴収も手際がよく、ゴミもいつのまにか片付けている。四人の中で一番よくしゃべるのはアライさんだが、美咲が口数の少ないカオリちゃんやマサコさんに話しかけたりつぶやきに相槌《あいづち》を打ったりすると、カオリちゃんやマサコさんがいきなりぶわーっと話し出したりする。

健一は、美咲が想像していたよりもはるかにしっかりしていて感心する。気配りができて、年下らしく進んで使い走りをし（カオリちゃんはそういうことにまったく頓着しないようだ）、人から話を引き出すのも上手だ。おそらく会社内で、仕事ができないから疎まれているということはないだろう。

また、美咲がみんなのためにいそいそと食べ物を運んでくる様子が、文子とそっくりなことに驚く。

文子は食べるのが好きなこともあって、家族四人のときはもちろん、老いた父母や親戚、あるいは知人たちと一緒に旅行すると、旅先で、あるいは高速道路のパーキングエリアなどで、率先して食べ物を買ってきてみんなで食べようとする。前もって調べることもあり、鼻もきくのか、おいしいものを探して来るのがうまく、量もちょうどいい。しかも、みんなが疲れていたり、退屈していたり、ちょっと雰囲気を変えたいなと思うような絶妙なタイミングで、「何か食べよう」と声をかけ、食べ物を差し出す。それがとてもさりげなくて気が利いているのだ。

美咲はそんな母親の姿を小さい頃から見ていて、それを自然と受け継いでいるような気がする。そしてもしかしたら、母親とぶつかりがちな愛も、シェフを目指しながら、そんな母親のふるまいをどこかしらなぞろうとしているのではないかと思ったりもする。

試合は負けてしまった。しかも、その後に用事がある人もいたので、打ち上げ兼食事会は最終節の試合の後にしようということになった。

「女子会だけど、美咲ちゃんパパも来ていいです」とカオリちゃんからお墨付きをもらい、クールなマサコさんに「今話題のクラフトビールを出す店に行きましょう」と言われ、健一はすっかりその気になる。

美咲との食事は、前回と同じ店というのも芸がないので、今度は琴似《ことに》にある野菜料理が評判の和食店に入る。

女性が好みそうな繊細に盛り付けられた創作料理は、どれも薄味でおいしい。

「パパ、いろんな店知ってるね」

「実は、前の店もここも、会社の人に教えてもらった」

「やっぱり。そうじゃないかと思ったんだ。女性でしょ？」

「うん。美咲より一つ下の、中野さんっていう経理の女性」

「ふーん」

美咲が健一の顔を意味ありげに見る。

「別に、なんもないぞ」

「やだ、そんなこと一ミリも思わない！　パパが会社の女性に嫌われてなくてほっとしてるだけ」

「……そういうの、わかるの？」

「わかるよ。嫌いなおじさんには、自分が気に入ってる店なんか絶対に教えない。自分のテリトリーに侵入させない」

若い女性社員というのはなかなか辛《しん》らつである。

「ところで、美咲は会社やめるかどうしようか、決めたの？」

「私もその話したかったんだ」

美咲がさっぱりした顔で言う。

「法人営業部に異動した。やめないことに決めた」

「あ……そう」

すでに結論が出ていたことに、かなり、がっくりする。

「来年、みんなで沖縄キャンプ見に行こうって盛り上がってて、やっぱやめられないなーって」

「そうなんだ」

「『そうなんだ』って、も一、それだけじゃないよ。まずは営業アシスタントとして配属してもらうことになったんだ。それに部長が、山田さんは営業に向いているからやってみたほうがいいって」

健一もそうアドバイスしようと思っていたのだ。でももう遅い。それに、こういうことは、父親が言うよりも、普段の仕事ぶりを知っている上司のほうが何倍も説得力がある。

心の中でいじけていると、美咲が言った。

「こないだ、話聞いてもらって、けっこうすっきりしたんだ」

「そうか」

健一は気のない返事をする。

「アドバイスは別にいいから、話を聞いてくれるだけでいいんだよね、私は」

健一が、え？　と小さく声をあげても、美咲は気にせず話し続ける。

「旭川のおじいちゃんのお葬式、近所のおばあさんがたくさん来てたでしょ。そのときに、知らないおばあさんが『老人会に出てくる男の人って、大抵、昔話か自慢話しかしないけど、山田さんはそういうことは一切しない聞き上手だった』って言ってたの。おじいちゃんとパパ、そういうとこ、似てるのかもね」

父の葬式については、急死した悲しみと初めての喪主という緊張があったせいか、あまり記憶がない。そんな話も初めて聞くことであり、すぐに反応ができなかった。ただ、父が昔話や自慢話を進んでしなかったことが、無意識に、息子に対して何か影響を及ぼしているのかもしれないと思った。

店の人が、シメに頼んだ小さなウニどんぶりを持ってきた。

二人で勢いよく食べ始める。

「次はママも連れてきてあげよう」

健一が言うと、美咲がうなずく。壁に貼られた料理写真を健一が指差して「ママならこの桶《おけ》に入ったちらし寿司、一人で食べちゃうだろうなあ」と笑うと、美咲が怒ったように言う。

「ママはもっとダイエットしないとダメだよ。立って下を向くと自分の足が見えないってヤバすぎでしょ？　それなのに、ママはいつもおいしそうに食べるなあとか、今のままでいいとか、そんなこと言うの、パパだけだよ」

「でも、ほんとにそう思ってるんだからさ」

困ったように言うと、美咲が健一をじっと見る。

「何？」

「………」

「どうしたの？」

「私のことかわいいなんて言うのも、パパだけだよ」

「そうか？」

健一にとって、誰がなんと言おうと、美咲はかわいいのだ。

「まあいいけど」

あきらめたように言って、また食べ始める。

「美咲はかわいいし、やさしいよ」

「もういいって！」

「うん」

「……仕事、がんばろうと思う」

「うん」

健一は、にっこりと笑った美咲を見て、伝えたいことはもうすでに伝えていたのだと、気づいた。

謝辞

この作品を執筆するにあたり、左記の方々にご協力いただきました。
心より感謝申し上げます。

バーバーショップ ハイビート　鍵屋製菓有限会社
日本理化学工業株式会社　田所牧場　ホテル鷗風亭　嵐渓荘
吉沢寿雄さん　嶽本あゆ美さん　田島徳子さん　根本みどりさん　根本和浩さん
大山隆久さん　金子和美さん　田所博子さん　松場裕美さん　村上奈穂さん
村上康恵さん　村上達彦さん　村上祐佳さん　大竹啓五さん

なお、この作品はフィクションであり、仕事の内容については事実に基づいた表現を心がけましたが、登場する人物や団体（著名な人物や団体、プロスポーツ関連は除く）は架空であり、実在のものとは関係ありません。

解説

井上理津子《いのうえりつこ》
（ノンフィクションライター）

　タイトル『あとを継ぐひと』の「あと」がひらがなだ。漢字にすると「跡を継ぐひと」なのか「後を継ぐひと」なのか、どちらだろう、とこの本を最初に手にしたときに思った。「跡」なら、「長男が家を継ぐ、墓を継ぐ」といった昔風の家制度が見え隠れするような気がする。「後」なら、一般的な後継の意味だろうか。では、「家業を継ぐ」の場合は、「跡」なのか「後」なのか……などとも頭を巡らした自分を「小さかったな」と、読み終わった今、勘《かんが》えている。広い意味で「跡」も「後」も含んでいるから「あと」に違いない。言い方を変えれば、「跡」でも「後」でもない、もっと大きな「あと」こそが、現代世相を余すことなく組み入れて書く名手である作家・田中兆子さんのこのたびのテーマだったのだと思う。

たとえば、親になる。箸の持ち方、挨拶《あいさつ》の仕方などを自分の子どもに注意するポイントが、その昔、親が子ども時代の自分に口すっぱく言っていたことと同じだなと気づいたりする。あるいは、多感な年頃、教師に「廊下を走っちゃいけない」とがみがみと言われたという人が、社会人になって、いついかなるときも会社の廊下を「走らない」自分に苦笑していると聞いたこともある。年長の者が反面教師となるケースももちろんあるが、目に見えるそうした行いから、性格、主義主張、信条まで、誰々から「(良きにつけ悪しきにつけ) 引き継いでしまったかも」と、ふと思うことが誰にも少なからずありはしないか。さらに、自分のことであれ、他者のことであれ、ときにそれは大いなる勘違いだったと思い直すこともあったりしないか。

一作目「後継ぎのいない理容店」の舞台は、おそらく南東北あたりの小さな町だ。高校卒業後、周囲の反対を押し切って、相撲取りになると家を出ていき、今は介護福祉士として東京で働く二十九歳の息子と、彼を男手一つで育てた理容師の五十八歳の父親の物語だが、田中さんは久しぶりに帰省した息子に、小さな声でこんなことを言わせる。場所は二人で夕飯に行った回転寿司店。

「あるとき、気難しくて有名なおじいさんに言われたんだ。君の洗い方が一番上手だって。すっきりするだけじゃなくて、リラックスできて、終わった後、すごく気分がいいんだって。それって、僕がお父さんに似てるってことだよね。髪を切ったりひげを剃ったりして、他人に触れることで、他人を気持ちよくする仕事をしているお父さんの血を、僕が受け継いでるってことなんだよ」

ざわざわした回転寿司店で、大きな体の息子が小さな声で、というところがいい。こんなことを堂々と高らかに告げられたら、涙腺が崩壊してしまうから。私など「お父さんが願ったように理容師になって店を継がなかった息子だけど、でも、仕事するお父さんをずっとリスペクトしていたのね、よかったね」と、さっそく傍《かたわ》らから声をかけそうになるというものだが、父親はその場でいきなり「違う！」と息子を怒鳴りつける。「お前は俺に似てない」と。

困惑。気まずい無言の時間。悶着《もんちゃく》。

息子はそれっきり実家に戻らず、帰京してしまう。父親がなぜ「違う！」と怒鳴ったのか。それは、四半世紀も前に別れた妻（息子にとっては母親）へのわだかまりが縷々《るる》重なって爆発してしまったのだと、読者は徐々に知らされる。

田中さんは、その後、父親が胸の内を吐露《とろ》する手紙を息子に書いたり、息子が理容師となっている母親に会いに行ったりといった、二人のわだかまりが解けていくいくつかのタイミングを過不足なく示す。読者が、父親の気持ちも息子の気持ちも「わかる」と思ってしまう、田中さんの筆遣いの妙。三年後にようやく「息子のほうが、とっくの昔に親離れしていた」と父親が気づき、二人の関係に晴れ間が訪れるのだが、主題「継ぐこと」が可視化する父子の問題と、水面下での解決の糸口を見つけられない葛藤が、物語全体に横たわり続けていると私は見た。

打って変わって、二作目「女社長の結婚」、三作目「わが社のマニュアル」の舞台は東京である。前者は、父が死去し、家業の駄菓子メーカーを継いだ女性、後者はチョークの製造販売会社へ中途入社した男性が主人公だ。二人とも三十歳そこそこ。経営後継者、雇用者という違いはあっても、前者は自身の結婚、後者は障碍者雇用の多い社内での人づきあいという問題を抱えつつ、職務への悩みが尽きないのは同じで、今風の言葉で言うなら「問題解決」に向けて、回り道を肥やしとしながら主体的に動いていく物語である。長く熟成されてきた「場」の空気感を継ぐことほど難しいことはない。「わが社のマニュアル」の終盤に出てくる「人間同士の交わりにマニュアルはない」という一行が光っている。

六作のなかで、田中さんの筆が最ものりにのったのが、四作目「親子三代」ではないだろうか。田中さんの故郷、富山県の牧場に材をとり、東京と結びながら、男三代を軸に物語は進む。主人公・祐弥《ゆうや》の気持ちの移ろいに、自分を重ねる読者が多いに違いない。

東京の一流企業に勤めて三十年近くになる、すっかり東京人の祐弥は、六十頭の乳牛を育てる実家の牧場を継ぎたいと思ったことなど一度もなく、継いだ弟が亡くなった後も、高齢の両親に任せきりだった。特段の問題は発生していなかったのに、「継がなかった後ろめたさが、いつまでも消えない澱《おり》のように残っている」というのだ。そんな折も折、就活に失敗して、曰く「メンタル回復しに」祖父母のところへ行った二十三歳の息子から、突然「牧場を継ぐ」と聞かされたとき、自分の代わりに牧場を継いでくれる喜びなど露《つゆ》ほどもなく、「馬鹿なことを」と思う。しかし、富山に行って息子に会うと「自分の好きにしたらいいよ。自分の人生なんだから」と、格好をつけてしまう。祐弥は妻と別居している。娘は海外在住。そういった状況の中、「仕事を終えて誰もいない一軒家に帰り、とりあえずテレビをつけて十七畳のＬＤＫでビールを飲んでいると、自分の人生は何だったのかという思いにかられる」。と、これが物語の中盤で、さあどうなるのか。祐弥の老親は現実問題、孫に継いでほしいと思っているのか。息子の本気さは？　そして何より、祐弥自身の内省はどの方向に流れるのか。

祐弥が就職した一九九〇年当時の「三十九歳以下の新規就農者」が約四千人だったのに対し、近年はその三倍以上に増えているらしい。田中さんは、農業を取り巻くそうした数字や、平均的な乳牛の一日に出す糞の量が実に五十キロだという情報などをさりげなく読者に知らせながら、親子三代それぞれの嘘偽りのない気持ちを描写する。読者もまた酪農業というものに前のめりにさせられ、これから、というときに父が亡くなる。牧場が多額の借金を抱えていたことを祐弥と共に読者も知らされる。

祐弥が「俺が（肩代わりして）払うから」と言おうかどうか死ぬほど考えた末、どうしたかはここには書けない。田中さんは、今様の「継ぐ」ことについて、死ぬほど考えた結論を、死ぬほど考えた言葉を繋いで書かれたと思う。本文の一字一句を味わってほしいからだ。

五作目「若女将になりたい！」は、瀬戸内の風光明媚な町にUターンした、トランスジェンダー（体は男性・中身は女性）の子女が奮闘。読むほどに応援する気持ちが高まるだろう。六作目「サラリーマンの父と娘」は、札幌に住む平凡な会社員の父と娘の物語。家業や大きな資産があるわけでも、もともと趣味が共通していたわけでもなく、ぎこちない会話しか交わさない関係だったのに、ひょんなことから距離が縮まる。こういう「あとを継ぐ」もあるのだと、はっとさせられる。

さて、この文庫解説を書くよう私に声がかかったのは、『絶滅危惧個人商店』（筑摩書房）と『師弟百景――〝技〟をつないでいく職人という生き方』（辰巳出版）を上梓《じょうし》しているからだ。前者は文字どおり個人商店を継いで商いする人たちの〝今〟を取材し、創意工夫に満ちた誠実な商いに感動した。後者は職人仕事の師匠から弟子への受け継がれ方を探りたくて、血縁でない十六組の師弟を取材したもので、そうした現場は、「背中を見て覚えろ」から「背中も見せるが、口でも教える」に変わっていた。師匠と弟子には、残さなければならない手仕事を残す同志といった側面があると気づいた。ノンフィクションの書き手としては「事実は小説より奇なり」と言いたいところだが、本書『あとを継ぐひと』には、その言葉を引っ込めざるを得ない。事実より奇なり、の小説なのである。

田中さんは、間違いなく、どの仕事にも綿密な取材をしている。その上で、それぞれの仕事領域に、取り巻く人間関係や家族関係をていねいに付加し、取材で知り得た事象の、より「真実化」を図った。家業を継ぐことが昔のように絶体絶命ではなく、子が選べる時代だからこその「あと継ぎ」問題。その提起と分析と希望がここにある——なんて言うと、「違います。気楽に読んでほしい短編小説集ですよー」と田中さんに叱られそうだが、本書は大切なことがぎゅっと詰まっているのに清々《すがすが》しい。勝手ながら私が「リアルノベルズ作家」と命名している田中さんの本領発揮の書だと思う。ドラマ化されるような気がする。

◎初出
後継ぎのいない理容店　「小説宝石」二〇一八年十一月号
女社長の結婚　「小説宝石」二〇一九年　二月号
わが社のマニュアル　単行本時書下ろし
親子三代　「小説宝石」二〇一九年　五月号
若女将になりたい！　「小説宝石」二〇一九年　八月号
サラリーマンの父と娘　「小説宝石」二〇一九年十一月号

二〇二〇年四月　光文社刊

光文社文庫

あとを継《つ》ぐひと
著者 田《た》中《なか》兆《ちょう》子《こ》

2023年10月20日 初版1刷発行

発行者 三宅貴久
印刷 新藤慶昌堂
製本 フォーネット社

発行所 株式会社 光文社
〒112-8011 東京都文京区音羽1-16-6
電話 (03)5395-8147 編集部
8116 書籍販売部
8125 業務部

ISBN978-4-334-10078-0 Printed in Japan

組版 萩原印刷

光文社文庫最新刊

蘇れ、吉原　吉原裏同心(40)	佐伯泰英
神君狩り　決定版　夏目影二郎始末旅(十五)	佐伯泰英
闇先案内人　上・下	大沢在昌《ありまさ》
ヒカリ	花村萬月
宝の山	水生《みずき》大海《ひろみ》
アンソロジー　嘘と約束	アミの会

光文社文庫最新刊